Allitera Verlag
Die Schatzkiste

Achim Bröger ist 1944 in Erlangen geboren und arbeitete einige Jahre teilzeitbeschäftigt in einem Verlag. Seit 1980 ist er freiberuflicher Schriftsteller. Seine Geschichten können witzig, fantasievoll und spannend sein. Er schreibt auch Alltagsgeschichten und Sachbücher, außerdem Hörspiele, Theaterstücke und Drehbücher für Fernsehfilme. Seine Bücher wurden in 28 Sprachen übersetzt und bekamen etliche Auszeichnungen, u. a. den Deutschen Jugendliteraturpreis. Er lebt mit seiner Frau und zwei Border Collies in Sereetz, zwischen Lübeck und der Ostsee.

Mehr Informationen unter www.achim-broeger.de

Achim Bröger

Flammen im Kopf

Allitera Verlag
Die Schatzkiste

Für Bitti

November 2012
Allitera Verlag
Ein Verlag der Buch&media GmbH, München

Umschlaggestaltung: Kay Fretwurst, Freienbrink
Printed in Germany · ISBN 978-3-86906-472-7

1.

Als es endlich dunkler wird, gehen sie los. Sie sind zu fünft, zwei Mädchen und drei Jungen. Einige Minuten später kommen sie am letzten Haus des Ortes vorbei. Hinter einem der Fenster sehen sie bläuliches Fernsehlicht.

Dann gehen sie den Feldweg runter, Richtung Nachbardorf. Die fünf sind unheimlich gespannt, ob es klappen wird, was sie vorhaben. Sie reden kein Wort. Es gibt auch nichts zu bereden, denn sie haben alles genau geplant. Eigentlich kann nichts schief gehen.

Eine Wolke schiebt sich vor den Mond und es wird noch dunkler. Das passt gut, sehr gut sogar. Hoffentlich bleibt die Wolke da.

Die fünf sind schon bei den Müllcontainern, hinter denen sie sich jetzt verstecken. Und aus ihrer Deckung sehen sie ihn ... den gewaltigen Holzhaufen. Auf der Wiese am Rand des Nachbardorfes, einige hundert Meter entfernt, ragt er vor dem dunklen Himmel hoch.

„Oh Mann, das lohnt sich ja richtig“, staunt Nick und kichert.

Die anderen kichern mit, bis auf Philipp, den zweitältesten Jungen. Der zischt: „Seid ruhig, sonst hören uns die Wachen drüben!“

„Quatsch, die können uns nicht hören. Sie sind zu weit weg“, meint Britt, das älteste Mädchen.

Fast andächtig flüstert Julian: „Ich glaub, der Haufen ist über zehn Meter hoch …“

„… und doppelt so breit“, schätzt Hannah.

Wie in jedem Jahr haben die Leute aus dieser Gegend Holz für die Osterfeuer zusammengetragen. In den nächsten Tagen sollen die Feuer brennen und es wird gefeiert. Dazu gibt es Bier, Sekt, Cola, Würstchen, gegrilltes Fleisch.

Aus Versehen stößt Julian gegen den Benzinkanister, den sie mitschleppen. Der scheppert, danach ist es einen Augenblick still. Sie spüren den Wind, der ihnen kühl über die Wiese entgegenweht. Auch der Wind ist günstig, genau wie die Dunkelheit.

Plötzlich hören sie leise Musik, eingeschaltet von den Wachposten drüben auf der anderen Seite des Holzhaufens. Die haben außerdem ein kleines Feuer angezündet und wärmen sich daran.

Irgendwas knackt neben den Containern, hinter denen sich die fünf verstecken.

Leise und erschreckt fragt Nick: „Was is’n das?“

„Vielleicht ’ne Maus. So was soll’s hier geben. Hast wohl Schiss, Kleiner?“, flüstert Philipp.

„Ich doch nicht“, antwortet Nick. „Wirklich nicht“, sagt er noch.

Trotzdem schlägt Philipp vor: „Kannst ja hier bleiben und auf uns warten, wenn wir nachher rüberrennen.“

„Nee, ich komm mit.“

„Wir kommen alle mit. Haben wir so ausgemacht“, sagt Britt.

„Die Hannah etwa auch?", fragt Philipp.

„Klar", antwortet die. „Ich bin dabei wie Nick. Uns beide sehen die Wachposten nicht so leicht wie euch."

„Stimmt", meint Nick, „wir sind kleiner und leicht zu übersehen."

Während die anderen leise miteinander reden, guckt Julian durch das Fernglas zum Holzhaufen. Er ist der älteste Junge.

Lange guckt er durch das Nachtglas seines Vaters und staunt dann: „Auf unserer Seite steht nur eine Wache."

Philipp fasst sich an den Kopf. „Ich wusste immer, dass die blöd sind. Ist doch völlig klar, dass wir von hier kommen, und da steht nur einer. Das find ich turbostark!"

Gestern ist Hannah mit dem Fahrrad wie zufällig am Holzhaufen vorbeigefahren. Sie erzählt: „Da standen vier Jungs und drei Mädchen als Wachen. Alle ungefähr so alt wie Julian und Britt, vielleicht sogar etwas älter."

Hinterm Holzhaufen drüben haben sie die Musik lauter gestellt. Trotzdem hört man jemanden lachen.

Julian starrt weiter durch das Fernglas und dann sagt er aufgeregt: „Die Wache auf unserer Seite verschwindet nach vorne."

„Los, zum Haufen! Benzin rein und Streichhölzer hinterher!", ruft Philipp.

Er will schon losrennen. Aber die anderen stoppen ihn, weil es gerade heller wird, denn die Wolke verdeckt den Mond nicht mehr ganz. Außerdem ist es zu weit, um direkt hinzurennen. Wenn zufällig jemand um den Holzstapel ginge, würde er sie sofort sehen.

„Wir machen es so, wie wir es besprochen haben!“, verlangt Britt.

Sie werden also hier bei den Müllcontainern versteckt bleiben, bis es wieder dunkler ist. Erst dann rennen sie zu den beiden Büschen etwa zwanzig Meter vor dem Holzhaufen. Und wenn die Wache verschwindet wie eben, laufen sie von dort zum Stapel.

In diesem Jahr wollen sie den Holzhaufen anzünden, bevor er zum Osterfeuer wird. Schon aus Rache. Vor zwei Jahren haben nämlich die aus dem Nachbardorf den Stapel hier im Ort angezündet. Obwohl er bewacht wurde! Man weiß zwar nicht genau, ob sie es waren. Aber eigentlich ist das völlig klar, denn schon immer haben die Eggersberger versucht den Holzstapel aus Bechtshausen anzuzünden und umgekehrt. Allerdings haben es die Bechtshausener lange nicht mehr geschafft. Heute muss es klappen.

„Hoffentlich erwischen die uns nicht“, flüstert Hannah.

„Die Wache kommt wieder. Ich glaub, der futtert 'ne Bratwurst“, sagt Julian.

„Ich krieg auch Hunger“, meint Nick. „Hab Bountys mit. Will einer von euch was abhaben?“

Keiner antwortet. Sie sehen nämlich, dass die Wache drüben schon wieder losgeht.

Julian erkennt durchs Fernglas: „Der verschwindet

noch mal nach vorne zu den anderen. Holt sich wohl 'ne zweite Wurst. Mann, ist der verfressen."

Eben weht der Wind einen Wolkenfetzen vor den Mond.

Britt sagt: „Jetzt ist es dunkel genug. Los, zu den zwei Büschen!"

Sie kommen hinter den Containern vor und rennen über die Wiese. Philipp etwas langsamer als die anderen, denn er schleppt den Benzinkanister.

Unbemerkt von den Wachen erreichen sie die beiden Büsche.

Außer Atem werfen sie sich dahinter in Deckung. Die Musik dröhnt laut zu ihnen rüber. Von hier sieht der Holzhaufen noch gewaltiger aus. Und er liegt nur zwanzig Meter vor ihnen. Sie haben es fast geschafft und sind unheimlich aufgeregt.

„Rechts liegt viel dürres Holz, dort stecken wir ihn an", sagt Philipp.

Danach werden sie verschwinden, wie sie gekommen sind. Erst laufen sie zu den zwei Büschen hier, dann zu den Containern am Weg. Von dort geht's zur Eisenbahnbrücke, die über den Kanal führt. Also zu ihrem geheimen Treffpunkt, an dem sie was zu essen und zu trinken versteckt haben, denn sie wollen feiern. Später werden sie nach Hause gehen und so tun, als wäre nichts geschehen.

Sie sehen immer noch keine Wache. Das wirkt wie eine Einladung.

Und wieder schiebt sich eine Wolke vor den Mond. Die fünf starren hoch, dunkler und dunkler wird's. Schließlich verdunkelt die Wolke den Mond völlig und die Wache bleibt verschwunden. Der Holzhaufen aus Ästen, Stämmen und Brettern ragt schwarz vor ihnen auf.

Julian flüstert, was alle denken: „Dunkler wird's nicht mehr."

„Los geht's ... und seid leise", sagt Britt, obwohl die laute Musik sowieso die meisten Geräusche überdeckt.

Die fünf rennen das kurze Stück durch die Dunkelheit über die Wiese. Philipp schleppt den Kanister.

Nun stehen sie vor dem Haufen.

„Hierher!", verlangt Philipp, denn vor ihm liegt massenweise dürres Holz.

Schon sind sie alle bei ihm. Philipp dreht den Verschluss des Kanisters auf und schüttet einen Schwall Benzin ins Holz.

Jetzt stemmt er den Kanister hoch und schüttet von oben, dann von rechts und links. Gleichzeitig zünden die anderen ihre Streichhölzer an. Eines wird vom Wind ausgepustet, drei landen im Holz.

Im nächsten Moment explodiert das Feuer an verschiedenen Stellen gleichzeitig. Blitzschnell greift es um sich und flammt hoch.

Die fünf springen zurück. Philipp geht noch mal näher zum Feuer, gefährlich nah. Schnell gießt er den Rest Benzin rein. Eine Stichflamme zuckt bis zu ihm.

Erschreckt fährt er zurück und ruft: „Au!" Den Kanister lässt er fallen und mit der Hand streicht er über sein brennend heißes Gesicht, das ihm plötzlich wehtut.

Julian zieht ihn weg. Dann laufen sie zu den anderen, die sich schon wieder hinter den Büschen verstecken.

Von hier sehen sie nur noch Flammen und Rauch. Der Wind fährt hinein und lässt den Brand schnell größer werden.

Britt steht neben Philipp, der sein Gesicht vorsichtig betastet. Sie fragt: „Tut's weh?"

Bevor Philipp antworten kann, hören sie die Stimmen der Wachposten: „Es brennt! ... Unser Holzhaufen brennt!"

Dann ruft jemand voller Wut: „Die Schweine haben ihn angezündet!"

„Der meint uns", sagt Nick begeistert. „Mann, wir haben's geschafft!"

Die fünf müssen blitzschnell verschwinden. Denn gleich werden die Wachen auftauchen, klar.

Sie sehen, wie eine Flamme mehrere Meter hochzuckt. Gleichzeitig fällt ein dicker brennender Ast vom Stapel. Da hören sie einen irren Schrei, viel lauter als die Musik, als die Rufe der Wachen und das Prasseln des Feuers. Danach mehrere Schreie, Schmerzensschreie.

Eigentlich wollen sie weglaufen, aber die Schreie halten sie fest. Voller Schreck stehen sie hinter den Büschen und spüren: Da passiert was Entsetzliches.

Plötzlich ist auch klar, was passiert, denn eine Mädchenstimme ruft verzweifelt: „Der Fabian steckt im Holzhaufen! Wir müssen ihn rausholen!"

„Ich komm nicht an ihn ran!", hören sie eine Jungenstimme. „Da brennt schon alles!"

Der Schmerzensschrei klingt jetzt leiser, hilflos, als wäre kaum noch Kraft zum Schreien und Atmen da.

Ein Junge ruft: „Spring nicht rein! Bleib weg!“

Die fünf können immer noch nicht davonlaufen. Sie hören das alles und starren entsetzt auf das riesige Feuer, das sie eben angezündet haben.

Britt sagt als Erste etwas: „Oh Gott! Der Fabian steckt da drin.“ Sie schlägt die Hände vor die Augen, damit sie das nicht mehr sehen muss. Aber das Bild des Feuers und die Schreie haben sich schon in sie alle eingebrannt.

Nick will zum Feuer rennen und den Wachen helfen, Fabian rauszuholen. Aber Philipp hält ihn fest und schnauzt ihn an: „Mann, bist du verrückt? Bleib hier! Wenn die uns erwischen, sind wir dran. Und wie!“

Das haben sie alle kapiert, auch Nick. Philipp läuft als Erster los und wie auf Kommando rennen die anderen hinter ihm her, weg von den zwei Büschen und zu den Containern am Weg. Nur weg vom schrecklichen Prasseln und Knacken, weg von den Stimmen der Wachposten und weg vom Feuer.

Während sie rennen, hören sie das alles noch. Nur Fabians Stimme, die hören sie nicht mehr.

2.

Polizeihauptmeister Robert Köhn sieht auf die Uhr. In einer halben Stunde ist Feierabend, wird auch Zeit. Er freut sich auf das Abendessen mit seiner Frau und seiner Tochter. Vielleicht läuft später noch ein spannender Film im Fernsehen, darauf hätte er Lust.

Das Fax hier muss noch weg, fällt ihm ein. Jetzt klingelt das Telefon. Er nimmt ab und hört eine aufgeregte Mädchen- oder Frauenstimme, dazu laute Hintergrundgeräusche, Rufe, ein merkwürdiges Prasseln und Knacken.

Jedenfalls versteht er kein Wort und fragt: „Mit wem spreche ich eigentlich?"

„Ich bin's ... die Petra."

Nun erkennt er sie. Es ist ein Mädchen hier aus dem Ort, das anruft, vielleicht fünfzehn oder sechzehn Jahre alt. Sie klingt immer noch sehr aufgeregt, aber inzwischen versteht er sie besser.

Von ihr erfährt er, dass der Holzhaufen angezündet wurde. Dann sagt Petra: „Der Fabian war im brennenden Haufen. Wir haben ein Wachhäuschen reingebaut und er hat dringesessen. Vielleicht ist er eingeschlafen."

Der Polizist springt auf. Er muss sofort hinfahren.

Petra sagt: „Wir haben's geschafft, Fabian rauszuziehen."

„Wie geht's ihm?"

„Wir wissen nicht, ob er noch lebt. Kommen Sie schnell!" Petra klingt, als müsste sie im nächsten Augenblick weinen.

Der Polizist verspricht: „Ich bin gleich bei euch." Dann fragt er: „Habt ihr die Feuerwehr schon informiert und den Rettungswagen? Ich hör die Sirene nicht."

„Ich hab sie eben mit dem Handy angerufen."

In dem Moment heult die Feuersirene im Ort los. Der Polizist ruft ins Telefon: „Die kommen sofort und helfen dem Fabian!"

Er will den Hörer schon auflegen, da sagt Petra: „Hoffentlich können sie ihm noch helfen. Der Fabian …" Petra stockt, bevor sie weiterredet. „Er sieht schlimm aus." Dann sagt sie, was auch der Polizist denkt: „Bestimmt waren das die Bechtshausener."

„Kann sein", meint er und verlangt: „Bleibt alle da." Nun legt er den Hörer auf. Die Feuersirene im Ort heult immer noch.

Während der Polizist zu seinem Wagen rennt, wird ihm schlagartig klar: Ich muss die schnappen, die das Feuer gelegt haben!

Natürlich muss er das. Schließlich ist das als Polizeibeamter sein Beruf. Aber er denkt vor allem: Ich muss sie kriegen, bevor die aus dem Ort sie erwischen. Wenn der Fabian schwer verletzt ist oder tot und die schnappen die Täter vor mir, dann wird alles noch viel schlimmer, als es sowieso schon ist. Und das darf auf keinen Fall passieren.

3.

Das Prasseln und Knacken des Feuers hören die fünf nicht mehr. Dafür hören sie lautes Sirenengeheul. Drohend klingt das und heizt ihre Angst und Panik weiter an.

Sie rennen durch die Dunkelheit und wissen genau, dass die Wachen hinter ihnen her sind und sicher nicht nur die. Noch rennen sie am Rand der Landstraße, die durch den kilometerlangen Wald führt, Philipp allen voran. Immer wieder drehen sie sich um und gucken, ob jemand kommt.

Jetzt stoppt Philipp und sagt: „Bleibt mal stehen!"

Sie stehen und horchen. Aber sie hören nur die Sirene und den eigenen lauten schnellen Atem. Und in der Dunkelheit sehen sie auch nichts, außer der schwarzen Asphaltstraße neben sich und den Konturen der hohen Bäume links und rechts.

Sie rennen weiter. Gleich müssen sie zur Stelle kommen, wo es in den Wald geht, Richtung Kanalbrücke, also zu ihrem Treffpunkt. Oder sind sie schon daran vorbeigelaufen?

Diesmal bleibt Philipp so plötzlich stehen, dass Britt gegen ihn rennt. Scheinwerfer kommen ihnen entgegen, der Lichtschein zwischen den Bäumen wird immer heller.

Ob das die Wachen sind? Fahren die mit einem Auto die Straße ab, um die fünf zu suchen? Vielleicht hat eine der Wachen ja schon einen Führerschein.

Oder ist es die Polizei?

Die fünf stehen am Straßenrand und starren ins immer größer und greller werdende Licht. Bevor sie von den Scheinwerfern erfasst werden, springen sie in den Graben und liegen im Gras.

Die Scheinwerfer sind nur noch einige Meter entfernt und das Motorengeräusch wird lauter und lauter. Wenn das Auto jetzt hält, werden sie sofort aufspringen und in den Wald rennen.

Hoffentlich hält das Auto nicht. Bloß nicht! Einen Augenblick dröhnt das laute Motorengeräusch direkt neben ihnen. Und sie drücken sich noch flacher auf den Boden.

Das Auto fährt vorbei und das Motorengeräusch wird leiser.

„Liegen bleiben!“, verlangt Philipp. Denn er meint, er hätte gehört, dass der Wagen plötzlich langsamer fährt. Aber er hat sich getäuscht.

Die fünf kommen aus dem Straßengraben. Sie sehen den Rücklichtern des Autos nach, die immer kleiner werden. Jetzt verschwinden die Lichter hinter einer Kurve und sie hören das Auto auch nicht mehr.

Einen Augenblick stehen sie noch in der Dunkelheit, dann rennen sie wieder los. Die furchtbaren Gedanken an Fabian im Feuer, an seine Schreie rennen mit ihnen und auch die Angst, dass er tot sein könnte, dass sie ihn umgebracht haben.

Hier müssen sie rechts in den Waldweg einbiegen.

Nun sehen sie noch weniger als auf der Straße. Und rennen können sie zwischen den Büschen und Bäumen auf dem engen, dunklen Weg auch nicht mehr.

Die Ältesten gehen voran, gefolgt von Nick und Hannah. Julian lässt immer wieder seine Taschenlampe aufleuchten, um zu sehen, wo sie sind. Im Wald traut er sich das. Hier haben sie weniger Angst entdeckt zu werden.

Britt fasst Philipp an die Schulter und verlangt: „Bleib mal stehen." Nun nimmt sie Julian die Taschenlampe aus der Hand und leuchtet in Philipps Gesicht.

Bevor sie etwas sagen kann, hebt Philipp eine Hand vor die Augen und schimpft: „Das blendet!"

Britt sieht, dass Philipps Haare vom Feuer angesengt wurden. Seine Gesichtshaut ist an manchen Stellen dunkel, fast schwarz, an anderen rot. Britt kann nicht erkennen, ob das Schwarze Ruß ist und das Licht der Taschenlampe die Haut rötlich färbt. Oder ob die Haut vom Feuer gerötet ist.

„Tut's weh?", fragt sie.

„Geht so. Es brennt halt."

„Eigentlich musst du zum Arzt", meint Britt.

Philipp schüttelt den Kopf. „Soll ich dem etwa sagen, wir haben den Holzhaufen abgefackelt und ich bin zu nah dran gewesen?" Er streicht vorsichtig über sein Gesicht und meint: „Ich glaub, so schlimm ist es nicht."

Leise sagt Nick, was sich alle wünschen: „Hoffentlich ist es auch bei Fabian nicht so schlimm."

Jetzt merken sie, dass die Sirene nicht mehr heult.

„Wir müssen weiter", drängt Philipp. Er nimmt Britt die Taschenlampe ab und geht los.

Immer wieder stolpern sie über Wurzeln und Steine. Bei jedem Rascheln und Knacken bleiben sie erschreckt stehen und Philipp schaltet die Lampe sofort aus.

Bis zu ihrem Versteck an der Kanalbrücke kann es nicht mehr weit sein. Plötzlich biegt der Weg links ab und Philipp wäre beinahe gegen einen Baum gelaufen. Britt geht knapp hinter ihm und sieht Philipps weiße Turnschuhe in der Dunkelheit.

Da ist jemand! Philipp bleibt sofort stehen. Ganz deutlich und nur einige Meter entfernt vor sich sieht er einen Mann. Und der kommt auf sie zu. Philipp weicht einige Schritte zurück.

Die anderen sehen ihn nun auch. Sie wollen schon weglaufen, da erkennt Julian als Erster: „Das ist ein Baum. Der sieht aus wie ein Mensch und der Wind bewegt ihn."

Philipp leuchtet hin und sie sehen, Julian hat Recht. Obwohl alle erleichtert sind, schluchzt Nick los. Er hält die Anspannung einfach nicht aus.

Sie stehen nahe bei ihm und Britt will ihn trösten, da fragt Julian: „Wo ist Hannah eigentlich?"

Sofort hört Nick auf zu weinen und antwortet: „Die war hinter mir."

Sie horchen, ob sie Hannahs Schritte hören oder ob sie nach ihnen ruft. Aber sie hören nichts. Sie warten und hoffen, dass Hannah plötzlich auftaucht.

Die bleibt jedoch verschwunden. Philipp leuchtet mit der Taschenlampe in den Wald … nichts.

Nun ruft Britt: „Hannah!"

„Nicht so laut!", verlangt Philipp.

Trotzdem ruft Britt kurze Zeit später wieder nach Hannah, sogar lauter.

Und dieses Mal bekommt sie eine Antwort. „Wo seid ihr?"

„Hier!", ruft Britt. Sehen kann Hannah ja nicht, wo dieses „Hier" ist. Aber Britt hofft, dass Hannah die Richtung erkennt. Deswegen ruft sie noch mal.

Endlich hören sie Schritte und Hannah taucht aus der Dunkelheit auf. Kläglich sagt sie: „Ihr wart plötzlich weg."

„Wir müssen dichter beieinander bleiben", fordert Julian.

Sie gehen weiter, bis ein anderer Weg ihren Weg kreuzt. Noch einige Schritte und sie sind endlich an der Kanalböschung.

Trotz der Dunkelheit sehen sie die Eisenbahnbrücke über dem Wasser schwarz vor sich. Sie liegt auf zwei senkrechten Metallträgern. Jeder Träger wurde in einem riesigen Steinquader auf der Uferböschung verankert. Zwischen den Quadern wachsen Büsche. Und in den Büschen unter der Brücke ist ihr Versteck.

Sie gehen die Böschung hinab und drängen sich durch Zweige bis zur Lichtung. Hier sind sie erst mal sicher, hoffen sie.

Die fünf sitzen im Gras und keiner redet. Philipp leuchtet die anderen mit der Taschenlampe an. Das Licht wird sie hier tief in den Büschen nicht verraten, meint er.

Britt rückt neben Julian, ihren Freund. Er legt seinen Arm um ihre Schulter. Auch die beiden Jüngsten, Hannah und Nick, sitzen nebeneinander.

Heute Nachmittag haben sie etwas zu essen und zu trinken hierher gebracht. Das Essen liegt in einer Plastiktüte im Gebüsch. Die Flaschen mit den Getränken haben sie mit Schnüren an die untersten Zweige eines Busches gebunden. Seit Stunden hängen die Flaschen im Wasser des Kanals und sind schön kalt. Limonade, Cola und Bier haben sie besorgt. Sie wollten ja feiern, dass sie es geschafft haben, den Stapel anzuzünden.

Hannah friert. Sie holt sich eine Jacke, die hinter einem Busch liegt. Neben der Jacke sieht sie das alte Zelt. Wenn das Wetter mal schlecht ist, bauen sie es hier auf. Darin sitzen sie gut und trocken.

„Was wollen wir jetzt eigentlich machen?", fragt Nick.

Bevor jemand antworten kann, hören sie einen Hund bellen. Vor Schreck sitzen sie starr und sehen in die Richtung des Bellens, das von der anderen Kanalseite kommt.

Ob das die Wachen sind, die mit einem Hund nach ihnen suchen? Es könnte auch ein Polizeihund sein. Wenn der sie wittert, nützt ihnen das Versteck gar nichts.

Das Bellen klingt ziemlich weit entfernt. „Ich glaub, das ist der Hund vom Bauernhof drüben", sagt Philipp, der sich hier überall gut auskennt.

Das Bellen hat aufgehört. Hannah fällt ein: „Wenn die Eggersberger uns im Wald am Kanal suchen, gehen sie garantiert nicht über diese Brücke. Die benutzen eine weiter unten am Kanal, die ist näher bei ihrem Dorf."

„Hier finden sie uns eh nicht. Unseren Treffpunkt kennt ja keiner", meint Philipp. Dazu nicken alle.

Nur Britt ist plötzlich unsicher. Sie geht mit einigen aus dem Nachbardorf in die gleiche Schule und überlegt: Haben vor ein paar Wochen nicht irgendwelche Leute auf dem Pausenhof mal von einem Versteck geredet und gelacht, als sie zu ihnen geguckt hat? Haben die etwa ihr Versteck gemeint? So sehr Britt auch nachdenkt, es fällt ihr nicht ein. Deswegen redet sie erst mal nicht darüber.

Philipp steht auf. „Ich geh zum Kanal runter." Er kriecht die paar Meter durch die Büsche. Vorsichtig macht er das, damit er nicht von der Böschung abrutscht und im Wasser landet.

Auch ohne Taschenlampe erkennt er alles so einigermaßen, denn im Augenblick verdecken die Wolken den Mond nicht.

Am Kanal taucht Philipp sein Taschentuch ins kalte Wasser und legt es aufs Gesicht, weil die Haut brennt. Als er zu den anderen zurückkommt, bellt der Hund wieder.

Alle meinen, sie sind hier in Sicherheit. Nur Britt weiß das nicht so genau. Sie überlegt immer noch: Hat da jemand über unser Versteck gequatscht oder bilde ich mir das ein?

Nun stellt Nick die Frage wieder, auf die er vorhin keine Antwort bekommen hat: „Was wollen wir jetzt eigentlich machen?"

4.

Der Polizist Robert Köhn fährt nach Hause, denn seine Arbeit ist für heute erledigt. Er hat alles aufgeschrieben, was ihm die Wachen am Feuer erzählen konnten. Viel war das ja nicht. Jedenfalls hat keiner etwas Auffälliges beobachtet oder einen Verdächtigen bemerkt.

Am wichtigsten ist, dass Fabian ins Krankenhaus gebracht wurde. Seine Brandverletzungen sehen schlimm aus. Bei Fabians Eltern war der Polizist auch schon, um ihnen zu sagen, was ihrem Sohn passiert ist. Die haben völlig entsetzt und fassungslos reagiert. Furchtbar war das.

Am Feuer hat der Polizist ein Beweisstück gefunden. Einen grauen Blechkanister, der eindeutig nach Benzin riecht. Nun weiß er, beim Anzünden wurde mit Benzin nachgeholfen.

Inzwischen hat die Feuerwehr den Brand gelöscht. Und auch der Polizist kann heute eigentlich nichts mehr tun. Trotzdem hat er irgendwie das Gefühl, dass das nicht stimmt.

Als er vor seinem Haus bremst, fällt ihm ein, wie wütend die Wachen am Feuer auf die Brandstifter waren. Bei einigen wurde die Wut immer stärker, je länger sie darüber geredet haben. Eigentlich war das keine Wut mehr, das war Hass. Da braut sich was Übles zusammen. Und er konnte sie nicht beruhigen.

Seine Frau und seine Tochter haben mit dem Abendessen nicht auf ihn gewartet, schade. Na ja, es ist ja auch spät geworden. Die beiden sitzen vor dem Fernsehapparat im Wohnzimmer. Zur Begrüßung hört er ein doppeltes „Hallo".

Als er dann endlich zu Abend isst, setzen sie sich zu ihm an den Tisch. Sie wollen wissen, warum die Feuersirene geheult hat. Er trinkt einen Schluck Bier und erzählt.

Nele, seine Tochter, ist wie elektrisiert, denn sie kennt die Wachen. Sie sollte heute mit am Holzstoß sein, hatte aber keine Lust dazu.

„Der Fabian geht in die Klasse über mir", sagt sie. „Er ist der große Schmale mit den dunklen Haaren." Auch ihre Eltern kennen ihn.

Nele fragt, wie's Fabian geht.

„Schlecht", antwortet ihr Vater. „Aber mehr erfahre ich erst, wenn ich später im Krankenhaus anrufe."

Während seine Tochter noch etwas sagt, fällt ihm ein, dass sie so alt ist wie die jüngsten Wachen. Die hat er wie Erwachsene behandelt. Seine Tochter dagegen ist für ihn immer noch ein Kind. Ein hübsches Mädchen. Sie sieht seiner Frau Christiane ähnlich.

Plötzlich fühlt er, wie viel ihm die beiden bedeuten. Dann denkt er: Wenn Nele passiert wäre, was Fabian passiert ist! Oh Gott!

Eben sagt Nele: „Ich geh mal schnell in die Kneipe rüber. Da treff ich bestimmt die Wachen. Ich will hören, was die erzählen."

Ihre Mutter sieht auf die Uhr, schüttelt den Kopf und meint: „Nee, es ist zu spät. Du hast morgen Schule, und ich will nicht, dass du noch in der Kneipe rumhockst."

Nele stöhnt und schimpft: „Stell dich nicht so an! Ich bleib nicht lange. Außerdem kann ich jetzt sowieso nicht schlafen."

Ihr Vater will eigentlich erlauben, dass sie weggeht. Sie ist ja kein kleines Mädchen mehr. Aber seine Frau sagt energisch: „Ich möchte das nicht!"

Nun wissen Vater und Tochter, die Sache ist entschieden. Nele stöhnt und ihr Vater schneidet sich ein Stück Käse ab.

Schließlich beruhigt sich Nele etwas und sagt: „Na, dann ruf ich mal die Petra an. Vielleicht ist die zu Hause. Sie war doch mit am Feuer?"

Ihr Vater nickt und kaut.

Seine Frau sagt: „Eigentlich ist völlig klar, dass ein paar Leute aus Bechtshausen das Feuer angezündet haben." Sie überlegt kurz und redet weiter: „Es muss schlimm für die sein, Schuld an Fabians schweren Verletzungen zu haben. Irgendwie tun sie mir Leid."

Nele geht zum Telefon. Als sie ihre Mutter hört, schüttelt sie den Kopf. „Also, erst einmal tut mir der Fabian Leid, dann seine Eltern. Die Wachen tun mir Leid, die das erlebt haben. Und danach tut mir lange Zeit niemand Leid, vor allem nicht die Idioten aus Bechtshausen!"

„Von denen wir nicht wissen, ob sie's wirklich waren", sagt ihr Vater. „Ich glaub zwar ..."

„Papa!", übertönt Nele ihn. „Die waren's. Logisch."

„Kann gut sein. Sie sind sicher verdächtig. Aber ich muss es genau wissen. So 'ne Vermutung reicht mir nicht. Und übrigens … auch wenn sie's waren, müssen sie fair behandelt werden. Etliche Leute hier im Ort kapieren so was nicht. Die möchten sich ihr vermeintliches Recht selbst nehmen und tun, was sie für richtig halten, also hinterherjagen und die Bechtshausener zusammenknüppeln. Das ist Selbstjustiz und finsteres Mittelalter! Außerdem ist es ungesetzlich und primitiv!"

Nele hat ihren Vater lange nicht mehr so wütend gesehen wie eben. Sie sagt: „Na, dann erwisch sie mal, bevor die anderen es tun."

„Das hab ich vor. Den Wachen hab ich jedenfalls verboten, die Täter zu jagen."

„Vielleicht lassen sie's wirklich", meint Nele. „Aber du hast ja selbst gesagt, etliche Leute hier im Ort sind brutal. Die schlagen zum Beispiel in der Schule wegen jeder Kleinigkeit zu. Wenn die einen Grund finden, die Bechtshausener aufzumischen, tun sie's mit Begeisterung."

Ihr Vater überlegt. „Falls es die Bechtshausener waren, trauen sie sich wahrscheinlich nicht nach Hause. Sie werden sich verstecken. Zum Glück wissen die Leute hier im Ort nicht, wo man sie findet."

„Du weißt's auch nicht", sagt Nele. Sie ist fast aus dem Zimmer gegangen, da bleibt sie stehen. „Papa, mir fällt was ein … In der Schule hab ich mal gehört, dass ein paar Leute aus Bechtshausen ein Versteck unter der Eisenbahnbrücke am Kanal haben. Und das wissen hier im Ort garantiert einige außer mir."

Nele geht und ihr Vater sagt: „Die Stelle unter der Kanalbrücke kenne ich …“

„… ich auch“, unterbricht ihn seine Frau, „da haben wir uns ein paar Mal heimlich getroffen … du und ich … als wir frisch verliebt waren.“

„Das war ein guter Platz für uns. Aber wenn das stimmt, was Nele sagt, dann hoffe ich nur, dass die Bechtshausener nicht dort sind.“

Er steht auf, zieht die Uniformjacke wieder an und sagt: „Ich geh noch mal los.“

„Zur Kanalbrücke?“

„Auch … und ich muss ein paar Leuten klar machen, dass sie die Finger von den Bechtshausenern lassen sollen. Es darf keine Selbstjustiz geben!“

5.

Die fünf sitzen völlig ruhig da und halten vor Spannung die Luft an, denn sie hören Geräusche. Und die klingen, als würde jemand durch die Büsche schleichen. Es knackt und raschelt.

Sie starren in die Dunkelheit unter der Kanalbrücke. Jetzt werden die Geräusche lauter und Nick springt auf. Es raschelt noch mal. Dann ist es vorbei.

Sie horchen, es bleibt still. Nick atmet laut aus und setzt sich wieder neben Hannah.

Britt meint, das Feuer zu riechen. Obwohl sie ja bestimmt mehr als zwei Kilometer davon entfernt sind. Sie zieht die Luft ein. Wirklich, der Wind weht den Brandgeruch her. Auch die anderen riechen ihn jetzt.

Hannah sagt: „Wahrscheinlich löschen sie das Feuer gerade.“ Ihr fällt ein: „Als wir durch den Wald gerannt sind, hab ich mehrere Sirenen gehört.“

Die fünf erinnern sich, dass es dann plötzlich ruhig wurde, während sie weitergehastet sind. Da standen die Wagen wohl am Feuer und die Sirenen wurden abgestellt.

Julian sagt: „Ein paar Minuten später hab ich eine Sirene gehört. Wahrscheinlich die vom Rettungswagen mit Fabian.“

„Der Idiot muss direkt im Holzhaufen gewesen sein! Sonst wär das alles nicht passiert!“, schimpft Philipp.

„Vielleicht haben sie 'ne Hütte für die Wache reingebaut“, vermutet Britt.

Hannah überlegt. „Ich bin doch gestern mit dem Rad am Holzhaufen vorbeigefahren, wollte gucken, wie viele Wachen da stehen. Ich hab keine Hütte gesehen.“

„Hättest du eben besser gucken müssen!“, schnauzt Philipp sie an.

„Lass sie in Ruhe!“, sagt Nick. „Vielleicht haben sie das Häuschen ja erst heute reingebaut.“ Dann fragt er: „Glaubt ihr, dass der Fabian …“ Den Rest des Satzes bringt er nicht über die Lippen. Aber die anderen wissen trotzdem, was er meint.

„Wird schon nicht so schlimm sein“, sagt Philipp. „Jedenfalls bleiben wir erst mal hier. Ist ein tolles Versteck.“ Er leuchtet mit der Taschenlampe über die Büsche und hoch zur Kanalbrücke.

Danach legt er sich ins Gras und stellt die Lampe neben sich. Vorsichtig tastet er über sein Gesicht. Zum Glück brennt die Haut nicht mehr so stark.

Britt ist immer noch unsicher, ob die Eggersberger über den Treffpunkt hier gequatscht haben. Sie sitzt wie auf Kohlen. Denn es ist völlig klar, dass sie sofort verschwinden müssen, wenn die Eggersberger das Versteck kennen. Dann können sie jeden Augenblick auftauchen. Und zu denen gehören ein paar ganz üble Typen, die auch mal mit Baseballschlägern losziehen. Vielleicht schleichen sie sich schon an? Britt achtet auf jedes Geräusch. Ihr Herz schlägt sehr schnell.

Wahrscheinlich bilde ich mir das alles nur ein, denkt

sie. Mit so einem Hirngespinst will sie die anderen nicht beunruhigen. Jetzt rückt Julian näher zu ihr und streichelt ihr Gesicht. Philipp redet irgendwas. Und Britt möchte sich unbedingt konzentrieren, damit ihr einfällt, was sie auf dem Pausenhof wirklich gesehen und gehört hat. Aber wenn Philipp quatscht und Julian ihr auf die Pelle rückt, kann sie nicht nachdenken.

Philipp leuchtet Julian und Britt mit der Taschenlampe an. Die drei gehen in eine Klasse, Julian und Britt sind das Klassenliebespaar.

„Na, knutscht ihr schon wieder?", fragt Philipp.

„Quatsch nicht so blöd!", schnauzt Britt ihn an.

Aber Philipp gibt keine Ruhe. Nun leuchtet er Hannah und Nick an, kichert und fragt: „Ihr knutscht wohl auch schon?"

„Du hast'n Rad ab!", sagt Nick wütend. Er kann es überhaupt nicht leiden, wenn sich jemand über ihn und Hannah lustig macht. Die beiden sind schon seit dem Kindergarten zusammen. In der Klasse sitzen sie nebeneinander und auch nachmittags treffen sie sich oft.

„Ich glaub, der Kleine wird rot!", prustet Philipp und leuchtet Nick voll ins Gesicht.

Nun springt Julian auf und reißt Philipp die Taschenlampe aus der Hand. Dann fährt er ihn an: „Hast du immer noch nicht kapiert, was los ist? Vielleicht haben wir Fabian umgebracht und du Idiot hockst rum und laberst dummes Zeug!"

Bei Philipp weiß man nie so genau, was als Nächstes passieren wird. Geht er jetzt hoch wie eine Rakete? Das tut er oft, aber er beruhigt sich auch schnell wieder.

Diesmal bleibt er friedlich und murmelt nur: „Ihr seid euch wohl alle einig, was?“ Dann steht er auf. „Also, ich hol mir 'ne Flasche Bier aus dem Kanal. Will noch jemand eine?“

Keiner will eine und Philipp verschwindet. Britt überlegt weiter, ob die Eggersberger ihr Versteck kennen. Bevor ihr dazu was einfällt, raschelt es gewaltig in den Büschen. Natürlich erschrecken alle. Aber es ist nur Philipp, der mit seinem Bier zurückkommt.

Er trinkt einen mächtigen Schluck. Das gluckert lange, dann trinkt er noch einen Schluck und noch einen. „Gut ist das“, sagt er. „Ich glaub, ich hol mir 'ne zweite Flasche.“

„Das tust du nicht!“, bestimmt Britt. Sie weiß, dass Philipp oft zu viel trinkt. „Mensch, du kannst dich doch jetzt nicht besaufen!“

„Klar kann ich das“, meint er.

Trotzdem trinkt er erst mal nichts mehr. Denn auf Britt hört er. Er findet sie toll und wäre gerne ihr Freund. Aber für sie ist er höchstens ein Kumpel, sonst nichts.

Es wird kälter und die fünf rücken enger zusammen.

Leise sagt Hannah: „Ich hab zu Hause erzählt, dass ich bei Nick bin. Sonst hätte ich nicht mehr weggehen dürfen.“

„Ich hab erzählt, ich bin bei Hannah“, sagt Nick. „Meine Eltern rufen garantiert ihre Eltern an, weil ich so lange wegbleibe. Und dann suchen sie uns.“

„Müssen wir uns eigentlich wirklich verstecken?“, fragt Hannah vorsichtig.

„Die Kleinen haben wohl Heimweh, was?“, meint

Philipp. „Aber wir können nicht nach Hause! Wenn mein Vater erfährt, was passiert ist, schlägt er mich tot!“ Einen Augenblick ist Philipp ruhig, dann droht er: „Irgendwann schlag ich zurück!“

„Wir müssen uns wirklich verstecken“, kommt von Julian. „Ich hab zurzeit sowieso andauernd Stress mit meinen Eltern. Na ja … und wenn wir jetzt nach Hause gehen, wartet da bestimmt die Polizei.“

„Dann haben wir Glück gehabt“, sagt Britt. „Wenn wir Pech haben, warten da die Eggersberger.“

Philipp springt plötzlich auf. Die anderen erschrecken, weil sie nicht wissen, was das soll. Julian leuchtet ihn mit der Taschenlampe an.

Philipp steht da und droht laut: „Die Eggersberger sollen nur kommen! Denen hau ich eins aufs Maul!“ Während er das sagt, zieht er sein Taschenmesser aus der Hosentasche und klappt es auf. Er spielt mal wieder den starken Mann. Das tut er gerne und oft.

Britt sagt: „Wenn die wirklich kommen, sind sie sicher mehr als wir. Gegen die können wir nichts ausrichten, wir dürfen uns einfach nicht erwischen lassen.“

„Eigentlich wissen sowieso alle, dass wir den Holzhaufen angesteckt haben“, denkt Julian laut.

Dazu können die anderen nur nicken. Wer soll's sonst gewesen sein? Ihnen ist klar, wenn sie den Stapel angezündet hätten und es wäre weiter nichts passiert, wären die Eggersberger stinksauer gewesen, mehr aber nicht. Doch jetzt ist es völlig anders.

Als Erste hört Hannah das Geräusch und macht: „Psst!“

Nun hören sie alle das gleichmäßige Tuckern. Auf dem Kanal kommt ein Schiff.

Philipp sagt: „Mensch … ich könnt von der Brücke aufs Schiff springen und mitfahren. Dann kriegen sie mich nie.“

„Spinner“, meint Britt. „Wenn du von da oben aufs Deck knallst, brichst du dir sämtliche Knochen.“

„Na und?“, meint Philipp. „Ist sowieso alles egal.“ Er nimmt Julian die Taschenlampe aus der Hand und leuchtet damit zum Kanal runter.

„Lass das!“, faucht Julian. „Die sehen das doch.“

„Das sieht keiner“, widerspricht Philipp. Dann regt er sich auf: „Du meinst wohl, weil du hier der Älteste bist, hast du was zu sagen. Hast du aber nicht.“ Er leuchtet weiter Richtung Schiff.

Julian springt auf und reißt ihm noch einmal die Taschenlampe aus der Hand. Aber diesmal lässt Philipp sich das nicht gefallen. Blitzschnell tritt er Julian die Beine weg, und der knallt auf den Hintern. Philipp lacht sich darüber kaputt und trinkt noch einen großen Schluck Bier. Julian kocht vor Wut und geht auf Philipp los.

Aber bevor es zu einer Schlägerei kommt, schnauzt Britt die beiden an: „Hört auf! Mensch, wir haben wirklich andere Sorgen!“

Die beiden murmeln was, sind aber friedlich. Jetzt nimmt Britt Philipps Flasche und schüttet das Bier ins Gras. Das hätte sich Philipp von sonst niemandem bieten lassen, aber gegen Britt wehrt er sich nicht.

In der Zwischenzeit ist das Schiff ganz nah. Sie sehen ein paar Lichter durch die Büsche und das Motorengeräusch wird immer lauter. Als das Schiff dann vorübergefahren ist, hören sie plötzlich, dass Hannah weint.

„Oh Gott, jetzt heult die auch noch!", stöhnt Philipp. „Ich hab ja gesagt, dass die Kleinen nicht mitkommen sollen. Aber die wollten unbedingt."

„Wir hätten alle nicht mitkommen sollen", meint Julian.

Nick rückt näher zu Hannah. Obwohl er sie sonst nie anfasst, streichelt er ihr jetzt über die Schulter. Hannah schluchzt noch einmal, dann hört sie auf zu weinen.

„Wir könnten unser Zelt aufbauen", schlägt Philipp vor. „Da drin wär's wärmer. Und dann essen wir was. Wir haben ja genug. Ich krieg Hunger. Na, wie isses?"

Den anderen ist der Appetit längst vergangen. Inzwischen weiß Britt, sie dürfen auf keinen Fall hier bleiben. Sie kann sich zwar immer noch nicht genau daran erinnern, was auf dem Pausenhof geredet wurde. Aber sie ist ziemlich sicher, dass es um ihr Versteck ging. Außerdem hält sie das Gefühl einfach nicht mehr aus, dass die Eggersberger jeden Augenblick auftauchen könnten. Sie muss es den anderen sagen und sie müssen von hier verschwinden.

Britt will schon losreden, da hören sie wieder ein Geräusch. Es wird lauter und lauter und kommt näher.

„Die Eisenbahn!", ruft Julian.

Gleich darauf donnert der Zug über die Kanalbrücke, unter der sich die fünf verstecken.

6.

Eben ist der Polizist noch mal bei seiner Dienststelle vorbeigefahren, um eine stärkere Taschenlampe zu holen. Auf dem Anrufbeantworter waren zwei interessante Mitteilungen. Besorgte Eltern aus Bechtshausen haben sich gemeldet, weil ihre Kinder nicht nach Hause gekommen sind. Logisch, dass die Eltern bei ihm anrufen, Bechtshausen gehört zu seinem Revier. Durch die Anrufe ist er ziemlich sicher, zwei der Brandstifter zu kennen, Hannah und Nick. Beide verdammt jung, zwölf Jahre. Bestimmt waren es die nicht alleine.

Jetzt will der Polizist zur Kanalbrücke. Zu der führt keine Straße, weil die Brücke nur für Züge vorgesehen ist. Also bleibt sein Auto stehen. Er geht die ziemlich dunkle Straße runter. Und er hofft sehr, dass die Jungs aus dem Ort bisher nicht losgezogen sind, um die Brandstifter zu jagen. Sonst kommen zum verletzten oder toten Fabian bald noch andere Verletzte. Aber vielleicht kennen die das Versteck doch nicht. Oder die Bechtshausener verstecken sich woanders.

Er hat kurz überlegt, ob er alleine gehen soll. Er wird's tun. Denn es sind ja eigentlich keine Kriminellen, die er schnappen will. Außerdem findet er so auf die Schnelle niemanden, der sofort mitkommen könnte.

Da vorne sieht er die Ortskneipe. Er ist schon fast daran vorbeigegangen, als ihm zwei Leute entgegenkommen, die reinwollen. Sechzehn, siebzehn Jahre alt, groß, kräftig und sehr kurze Haare. Die kennt er. Mit denen hat er schon öfter zu tun gehabt, weil die bei keiner Schlägerei fehlen. Jetzt weiß er, dass die Jagd auf die Bechtshausener noch nicht begonnen hat. Die beiden wären nämlich garantiert dabei.

Bevor sie in der Kneipe verschwinden, sagt er: „Hallo, Eike. Hallo, Sven."

„Hallo, Herr Köhn", begrüßt Eike ihn und fragt sofort: „Wissen Sie, wie's Fabian geht?"

„Leider nicht. Aber ich ruf später noch mal im Krankenhaus an, dann erfahre ich sicher mehr."

„Diese Schweine!", schimpft Sven.

Natürlich weiß der Polizist genau, wen er damit meint. Er fragt: „Was habt ihr jetzt vor?"

Die beiden zucken mit den Schultern. „Och, nix Besonderes, ein paar Leute treffen", antwortet Eike. Dazu grinst er und schlägt mit der Faust in die offene Hand.

Egal, was die erzählen, der Polizist kann sich denken, was sie vorhaben. Deswegen sagt er sehr deutlich: „Um die Bechtshausener oder wer das Feuer sonst angesteckt hat, kümmere ich mich. Ihr lasst sie in Ruhe!"

„Klar, Chef", antwortet Sven, „völlig klar." Grinsend schlägt auch er mit der Faust in die offene Hand.

Der Polizist sagt: „Ich hoffe, wir haben uns verstanden! Ich kann nicht akzeptieren …"

„Immer diese Fremdwörter", unterbricht Eike ihn. „Wir tun doch nix, Herr Köhn, wir sind friedlich."

Er grinst Sven an und der sagt: „Logisch. Wir lassen uns das Osterfeuer anzünden. Dabei geht Fabian fast drauf, vielleicht geht er auch wirklich drauf. Und wir tun nix. Völlig logisch."

Es hat keinen Zweck, mit den beiden weiterzureden. Festnehmen darf der Polizist sie auch nicht, bloß weil er ahnt, was sie vorhaben.

„Ich kann euch nur warnen", sagt er.

Sie nicken und verschwinden in der Kneipe. Dabei fällt dem Polizisten ein, dass er mal kurz reinsehen sollte. Gucken, wer von den Schlägern noch drinsitzt.

Kaum hat er die Tür geöffnet, sieht er Eikes Vater in dem ziemlich vollen und lauten Lokal. Der Mann ruft: „Hallo, Robert, alter Dorfsheriff! Hast du die Typen aus Bechtshausen schon festgenommen?"

Der Polizist schüttelt den Kopf.

Eikes Vater sitzt hinter seinem Bier und sagt so laut, dass es alle im Raum hören: „Also, Robert, wenn der Fabian mein Junge wär, dann würde ich …"

Nun stockt er und der Polizist fragt: „Was würdest du?"

„Alle in einen Sack stecken und mit dem Knüppel erschlagen! Am liebsten würd ich gleich selbst losgehen und sie mir schnappen."

Jetzt johlen einige im Hintergrund. „Genau!" „Richtig!" „Da muss durchgegriffen werden!"

Der Polizist geht auf Eikes Vater zu. „Das lässt du bleiben. Sonst kriegst du Schwierigkeiten mit mir, auch wenn wir uns schon ewig kennen."

Nun mischt sich der Mann neben Eikes Vater ein: „Bei dieser blöden Zündelei am Osterfeuer musste ja mal was passieren." Zu Eikes Vater sagt er: „Du hast früher übrigens immer mitgemacht."

„Wir waren damals vorsichtiger", meint der. „Ist ja auch nie was passiert. Aber man muss sich so ein paar Typen aus Bechtshausen nur mal angucken, zum Beispiel den … wie heißt er noch? … Philipp, ja … ein furchtbarer Kerl. Bestimmt steckt der mit dahinter."

„Keine Ahnung", sagt der Polizist.

Jetzt sieht er Petra und einige andere Wachen vom Osterfeuer. Petra hat ihn vorhin mit dem Handy angerufen, sie ist Fabians Freundin. Die junge Frau schiebt sich zwischen den eng stehenden Tischen zum Polizisten durch. Bevor sie fragen kann, sagt er schon: „Ich weiß leider nichts Neues von Fabian."

„Wenn Sie was erfahren, rufen Sie mich bitte an. Egal, wie spät es ist." Dann bezahlt Petra bei der Wirtin und geht.

Eikes Vater sagt laut: „Weißt du, Dorfsheriff, wenn ich einer von den Jungs aus Eggersberg wär, würd ich nicht mehr lange hier sitzen …" Sein Tischnachbar will ihn unterbrechen, aber Eikes Vater redet weiter: „Ich würde mir die Bechtshausener greifen und dann ging's rund! Aber zum Glück muss ich das nicht. Das übernehmen andere." Er dreht sich zum Tisch um, an dem auch sein Sohn sitzt, und fragt: „Hab ich Recht?"

„Klar", kommt von einigen.

Grinsend sagt Eikes Vater: „Ja, ja, unser Dorfsheriff greift durch."

Der Polizist winkt ab, das Gequatsche muss er sich nicht anhören.

Nun ruft Eikes Vater: „Bier für die Jungs da hinten. Auf meine Rechnung!"

„Und was tust du jetzt noch, Robert?", fragt der Mann neben Eikes Vater.

„Wahrscheinlich legt er sich ins Bett und pennt", antwortet Eikes Vater für den Polizisten.

Darüber lachen einige. Nun antwortet der Polizist: „Ich hab noch was zu klären. Morgen früh entscheide ich dann, ob ich den Fall alleine weiterbearbeite."

„Sollen welche von der Polizei aus der Stadt dazukommen?", fragt der Mann neben Eikes Vater.

„Also, wenn es eine … sagen wir mal … nicht zu schwere Körperverletzung ist, mache ich alleine weiter. Wird's schlimmer, muss die Kripo aus der Stadt mit ran." Bevor er geht, sagt der Polizist zu den Leuten um Eike und Sven: „Übrigens – auch wenn jemand Menschen zusammenschlägt, die was angestellt haben, ist das strafbar."

Vom Tisch hinten ruft einer: „Mann, du musst uns nicht aufklären. Wir regeln das schon."

„Schönen Abend noch miteinander", verabschiedet sich der Polizist.

Draußen vor der Tür wartet Petra, aufgeregt sagt sie: „Die meisten von den Jungs hinten am Tisch wollen nachher zur Kanalbrücke und zu ein paar anderen Verstecken, wo sie die Bechtshausener vermuten. Außerdem lauern sie ihnen auf, wenn die sich in ihrem Ort sehen lassen. Aber erst mal saufen sie noch … Ich find das eklig!"

„Ich auch", sagt der Polizist. Nun muss er sich wirklich beeilen. Aber etwas Vorsprung vor der Schlägertruppe hier aus dem Ort hat er zum Glück noch.

7.

Die fünf verstecken sich immer noch in den Büschen unter der Kanalbrücke. Britt hat nicht erzählt, dass die Eggersberger ihr Versteck vielleicht kennen. Denn sie hatte plötzlich das Gefühl: Es ist sowieso egal, ob sie uns schnappen. Sie wollte mit den anderen nur dasitzen. Aber dann hat sie sich genau vorgestellt, wie's wäre, wenn die Eggersberger sie erwischten. Der reine Horror! Das tat ihr im Magen weh und kroch heiß durch den Körper. Nun erzählt sie endlich, was sie befürchtet.

Trotzdem sitzen sie weiter da. Jetzt achten sie aber noch genauer auf jedes Geräusch. Sie erschrecken ständig, denn es raschelt, knackt und knarrt immer wieder, und jedes Geräusch könnte bedeuten, dass die Schläger aus Eggersberg gleich über sie herfallen.

Eigentlich wollen alle abhauen, nur Philipp ist dagegen. Er sagt: „Ich glaub's nicht, dass die unser Versteck kennen. Das hätt ich mitgekriegt."

„Und wenn sie's doch kennen?", fragt Britt.

Sie reden weiter. Dabei sitzen sie im Dunkeln, weil Julian die Taschenlampe ausgeschaltet hat. Inzwischen reicht Britt das Gerede. Sie will schon vorschlagen, dass sie ohne Philipp verschwinden.

Da hören sie wieder etwas. Das klingt anders als die Geräusche davor und es kommt langsam näher. Das sind leise Schritte! Jemand versucht unten am Kanal möglichst vorsichtig aufzutreten und schleicht sich an. Oder sind es mehrere?

„Die Eggersberger!“, flüstert Philipp.

Die fünf starren durch die Büsche zum Kanal. Die leisen Schritte kommen immer näher. Jetzt sind sie am Weg genau unter ihnen.

Sie springen auf. Philipp will sich noch schnell die Tüte mit dem Essen schnappen, als am Kanal plötzlich eine Taschenlampe aufleuchtet. Einen Augenblick bleiben sie stehen. Nur nicht bewegen, sonst hört oder sieht man sie! Der Lichtkegel streift über die Büsche und unter der Brücke herum. Er sucht sie und sie stehen völlig starr.

Dann rennt Julian los und zieht Britt mit, die Böschung rauf, weg vom Kanal. Die anderen laufen sofort hinter ihnen her. Als Letzter rennt Philipp. Er rutscht auf der Böschung aus und fällt hin. Als er sich hochrappelt und weiterläuft, hören sie eine Stimme, die irgendwas ruft.

Sie rennen. Das Licht der Taschenlampe streift Philipp kurz, dann ist auch er oben auf der Böschung und außer Reichweite des Lichts. Sie stolpern über Äste, springen über Hindernisse, die sie im letzten Augenblick erkennen. Plötzlich bleibt Julians Jacke an irgendwas hängen. Er reißt sich los und läuft weiter.

Sie versuchen nah beieinander zu bleiben. Britt rennt durch ein Gebüsch, dabei zerkratzt sie sich die

Hand an Dornen. Egal. Nur weiter, nicht langsamer werden.

Schließlich können sie nicht mehr. Irgendwo im Wald bleiben sie keuchend stehen. Im Mondlicht sehen sie nur dunkle Baumstämme, sonst nichts.

„Die haben wir abgehängt", freut sich Philipp schwer atmend.

Nachdem sie sich etwas erholt haben, fragt Nick: „War das einer oder waren's mehrere?"

„Gerufen hat nur einer", antwortet Britt. „Natürlich können sich trotzdem mehrere Leute angeschlichen haben."

„Ob das die Polizei war?", fragt Hannah.

Niemand weiß es, vielleicht waren es auch die Eggersberger.

Die fünf überlegen, wo sie hier im Augenblick stecken. Julian vermutet: „Ich glaub, wir sind vom Kanal immer geradeaus gelaufen."

Sie müssten zu ihrem Dorf unterwegs sein. Dann kämen sie irgendwann an der Landstraße raus, an der sie vorhin entlanggerannt sind. Also gehen sie erst einmal weiter. Dabei fällt ihnen ein, dass das Essen und die Getränke unter der Kanalbrücke liegen geblieben sind.

„Mist!", flucht Philipp.

Nach kurzer Zeit fragt Nick: „Hat einer von euch 'ne Idee, wo wir uns jetzt verstecken könnten?"

Aber keinem fällt etwas ein.

Immer wieder bleiben sie stehen und horchen, ob jemand hinter ihnen her ist. Schließlich hören sie in der Ferne die Kirchenglocke von Bechtshausen. Zu nah wollen sie dem Ort aber auch nicht kommen, weil man dort wahrscheinlich schon auf sie wartet.

Auch hier im Wald ist es nicht gleichmäßig dunkel. Wenn Wolken den Mond verdecken, sehen sie fast nichts und brauchen ihre Taschenlampe.

Am Rand einer Lichtung stoßen sie auf einen großen überdachten Hochsitz. Erschrocken bleiben sie stehen. Es könnte ja sein, dass da oben ein Jäger hockt, und der sollte sie besser nicht sehen.

Schnell gehen sie hinter einigen Bäumen in Deckung und Philipp flüstert: „Wenn der Hochsitz leer ist, könnten wir rein. Das is'n prima Versteck."

Der Hochsitz sieht aus wie eine Hütte auf Stelzen. Julian nimmt einen Stock und wirft ihn dagegen. Mal sehen, ob sich jemand rührt. Aber der Stock fliegt am Ziel vorbei.

Beim zweiten Versuch trifft Julian. Trotzdem bleibt es ruhig und dunkel.

„Da oben ist niemand", meint er.

Philipp steigt die Leiter rauf, während Julian mit der Taschenlampe hinterherleuchtet. Dann versucht Philipp die Klappe zum Hochsitz zu öffnen. Aber die ist mit einem schweren Schloss gesichert.

Er kommt gleich wieder runter und meint: „Das Schloss kriegen wir nicht auf. Und ich kann keine Bretter aus der Klappe brechen, die sind zu dick. Scheiße! Wir kommen da nicht rein."

Enttäuscht gehen die fünf weiter. Ihre Jacken ziehen sie eng um sich, weil es ziemlich kalt geworden ist. Trotzdem überlegen sie, ob sie sich nicht einfach irgendwo im Wald hinter ein Gebüsch legen sollten.

„Da findet uns niemand", meint Philipp.

Aber schlafen könnten sie sowieso nicht, ständig würden sie wegen irgendwelcher Geräusche oder Schatten hochschrecken. Außerdem ist keiner von ihnen müde. Die Gedanken an Fabian, dass er tot sein könnte und man sie schnappt, halten sie wach. Also gehen sie einfach weiter.

Plötzlich bleibt Philipp stehen. Er hat eine Idee: „Die alte Scheune am Wald hinter unserem Dorf, Richtung Berleburg, die wär 'n Versteck."

„Die Scheune kenn ich", sagt Nick. „Die steht so zweihundert Meter entfernt von Paul Ratkes Laden."

„Sie gehört zu seinem Hof", weiß Hannah.

„Da gehen wir rein", meint Britt. „Julian und ich waren schon mal dort …"

„Bestimmt zum Knutschen", unterbricht Philipp sie und kichert.

Britt geht nicht darauf ein und erzählt weiter: „Wir haben beim alten Ratke eingekauft und dann sind wir an der Scheune vorbeigekommen."

„Die stand offen", erinnert sich Julian. „Und es lag jede Menge Heu drin. Da können wir uns gut verstecken und vielleicht sogar pennen."

Endlich haben die fünf ein Ziel. Jetzt hoffen sie, dass sie die Scheune in der Dunkelheit auch finden. Außerdem hoffen sie, dass niemand auf die Idee kommt, sie könnten dort sein.

Julian geht mit der Taschenlampe voran. Einen Weg gibt's hier nicht. Sie müssen durchs Unterholz, laufen um Bäume und zwängen sich durch Gestrüpp.

Schließlich stoßen sie doch auf einen schmalen Weg.

Nick sagt: „Wir müssten eigentlich bald an der Landstraße sein, wenn wir uns nicht verlaufen haben."

Weiter geht's, aber die Landstraße sehen sie nicht. Allerdings hören sie nach kurzer Zeit wieder die Kirchenglocke, also stimmt die Richtung.

Nach einigen Minuten sagt Britt: „Den Weg kenne ich, der ist 'ne Abkürzung zum Badesee. Gleich kommt ein Radweg und über den müssen wir."

„Ach, hier sind wir", meint Hannah leise. „Drüben hinterm Wald wohne ich. Das ist ganz nah."

Sofort kommt eine blöde Bemerkung von Philipp: „Willst wohl nach Hause ins Bettchen? Papa und Mama warten schon auf dich. Und die Eggersberger auch."

„Lass mich in Ruhe!"

„Oh, die Kleine wehrt sich", ärgert Philipp sie.

„Hör auf, du nervst", mischt sich Britt ein.

Und Philipp gibt wirklich Ruhe. Einige Schritte weiter sehen sie dann den breiten Radweg. Nur ein paar Büsche trennen die fünf von ihm.

Julian hält an und flüstert: „Vielleicht stehen am Radweg Wachen, die auf uns warten."

„Die wissen doch nicht, dass wir hier rumschleichen", vermutet Philipp.

Julian sagt leise: „Ich seh nach, ob dort jemand steht. Wenn Wachen da sind, renn ich in den Wald. Die laufen dann bestimmt hinter mir her. Aber ich häng sie ab. Ihr wartet, bis sie weg sind, und später treffen wir uns in der Scheune."

Wie ein dunkler Schatten huscht Julian zwischen den Büschen hervor und über den Radweg.

Niemand scheint auf sie zu warten. Sie hören Julians Stimme: „Ihr könnt kommen."

Neben dem Trampelpfad scheuchen die fünf ein Reh auf. Als das Tier losrennt, bleibt ihnen für einen Moment vor Schreck fast das Herz stehen. Weiter links hören sie entferntes Hundegebell.

„Das könnte der große Schnauzer vom alten Ratke sein", meint Hannah.

„Bewacht der die Scheune?", fragt Philipp.

„Nee, der Hund ist auf dem Hof an der Kette, ziemlich weit von der Scheune entfernt", antwortet Britt.

Das Bellen hat aufgehört. Plötzlich merkt Hannah: „Philipp ist weg."

Fast schwarze Umrisse von Bäumen sehen sie, aber nirgends Philipp. Auch sie selbst sind kaum zu erkennen, weil sie alle dunkle Klamotten tragen, denn sie wollten ja möglichst unauffällig zum Holzstapel kommen.

„Philipp!", ruft Britt.

Aber der antwortet nicht.

„Ob er ohne uns abhauen will?", fragt Hannah.

„Glaub ich nicht", antwortet Britt. „Na ja, er kennt den Weg zur Scheune, bestimmt taucht er dort wieder auf."

Sie warten noch einige Minuten. Als sie dann losgehen wollen, hören sie ein Knacken. Da ist jemand.

„Philipp!?", ruft Britt unsicher.

Das Knacken kommt näher und nun hören sie Philipps Stimme: „Ach, hier seid ihr."

„Wo warst du denn?“, fragt Julian.

„Pinkeln.“

„Hättest sagen können, dass wir warten sollen, du Blödmann!“, regt sich Julian auf.

Prompt geht Philipp hoch: „Spinnst du? Ich meld mich doch bei dir nicht zum Pinkeln ab!“

„Bescheid sagen sollst du, sonst nichts!“

„Ist ja gut“, lenkt Philipp ein.

So nachgiebig ist er sonst nie. Es wirkt fast so, als wäre er froh, dass er die anderen wieder gefunden hat.

Sie gehen noch ein Stück, dann hört der Trampelpfad auf und die fünf stehen vor dichten Büschen. Julian leuchtet daran entlang. Büsche, so weit der Lichtkegel reicht.

„Jetzt haben wir uns doch verlaufen!“, schimpft Britt.

Plötzlich hören sie auf der anderen Seite des Gebüschs ein Auto.

„Mensch, da ist die Straße!“, sagt Philipp.

Und zu der wollen sie. Julian drängt sich als Erster durchs Gestrüpp und hinter ihm gehen die anderen. Immer wieder drückt Julian Zweige beiseite. Einer schnellt zurück und trifft Britt ins Gesicht wie ein Schlag.

Hinter der Böschung liegt die dunkle Straße. An der wollen sie bis zum Schild *Berleburg 2 km* gehen. Wenig später sind sie dann beim Laden neben der Scheune.

Sie sehen Scheinwerfer. Schon liegen die fünf hinter der Böschung. Das Auto huscht vorbei und sie gehen weiter. Nun ist es wieder völlig dunkel und ruhig. Eigentlich müssten sie gleich beim Ortsschild sein.

Da hören sie hinter sich Motorengeräusche und die kommen näher.

„Das sind Mopeds", sagt Philipp.

Blitzschnell verstecken sie sich wieder. Die Motorengeräusche werden lauter und lauter. Die fünf liegen flach auf der Erde.

Dann knattert das erste Moped vorbei. Als das zweite auf ihrer Höhe ist, erkennen sie im Scheinwerferlicht des dahinter fahrenden Mopeds voller Schreck den Fahrer ohne Helm. Da sitzt Eike, der brutalste Typ aus Eggersberg. Unter seinem Arm klemmt ein Baseballschläger, genau wie beim nächsten Fahrer.

Sieben Mopeds zählen sie. Sie sehen ihnen nach, bis die Rücklichter verschwunden sind. Dann kriechen sie hinter der Böschung vor.

„Da vorne biegen sie zu uns in den Ort ab", sagt Britt leise. „Wahrscheinlich warten dort schon ein paar andere Typen auf sie. Die wollen uns abfangen und fertig machen."

„Aber die kriegen uns nicht", meint Philipp. „Wir sind ja nicht blöd."

Eigentlich war klar, dass ihnen die Eggersberger auflauern würden. Trotzdem hatten sie irgendwie gehofft, es würde nicht passieren. Nachdem die Mopeds nun aufgetaucht sind, gibt's keinen Zweifel mehr. Die fünf stehen am Straßenrand. Mächtig mulmig fühlen sie sich.

Mit zittriger Stimme vermutet Nick: „Vielleicht haben die Eggersberger vorhin erfahren, dass Fabian tot ist. Dann sind sie losgefahren, um uns zu schnappen."

Sie wissen alle, er könnte Recht haben.

Britt sagt: „Wir müssen unbedingt rauskriegen, was mit Fabian wirklich passiert ist."

Sie gehen weiter die Straße entlang.

Plötzlich ruft Philipp: „Wenn ich jetzt ein Moped hätte, würde ich damit abhauen. Einfach weg … so weit ich kann."

Am Straßenrand stolpert Julian über einen dicken Stock. Den hebt er auf und schwingt ihn durch die Luft. Dann lässt er ihn nicht mehr los. Auch die anderen suchen sich Stöcke. Die können sie jetzt gebrauchen, denn damit fühlen sie sich weniger wehrlos.

Bis sie zum Ortsschild *Berleburg 2 km* kommen, taucht kein Auto und kein Moped mehr auf. Aber immer wieder hören sie den Hund anschlagen. Inzwischen klingt er ziemlich nah.

„Hoffentlich bellt der nicht so laut, dass der alte Ratke zur Scheune kommt und nachsieht, was los ist", meint Britt.

„Der soll nur kommen!", droht Philipp und schwingt seinen Stock.

Hinter dem Schild biegen sie auf einen Weg ab. Gleich danach sehen sie die Scheune groß und dunkel vor sich. In Ratkes Haus, ein Stück dahinter, brennt kein Licht.

Vom Waldrand rennen sie über eine freie Fläche zur Scheune. Philipp will das Tor aufziehen. Aber sosehr er sich anstrengt, es bleibt geschlossen. Weil sie im Hof drüben immer noch kein Licht bemerken, riskiert Julian die Taschenlampe kurz anzuknipsen.

Jetzt sehen sie, dass quer über das Scheunentor ein Brett genagelt wurde. Britt stöhnt und Philipp flucht.

Julian geht näher heran und leuchtet aufs Brett. „Das ist nicht besonders dick."

„Wir brechen's weg", meint Philipp. Schon zieht er mit aller Kraft daran, aber das Brett gibt nicht nach.

„Leiser!", warnt Hannah. „Der Hund hat gemerkt, dass wir hier sind."

Das Bellen klingt jetzt lauter und aufgeregter. Trotzdem bleibt es im Hof still und dunkel.

Julian geht um die Scheune und guckt, ob irgendwo ein Brett locker ist. Da kämen sie dann vielleicht in die Scheune. Aber leider findet er nirgends eine solche Stelle.

Nun ziehen Julian und Philipp am Brett, das die Tür verschließt. Es gibt nicht nach. Sie ziehen und zerren. Jetzt knirscht es, aber es bricht nicht.

Julian schiebt einen Knüppel zwischen das Brett und die Tür. Dann ziehen Philipp und Julian den Knüppel wie einen Hebel nach vorne. Das Brett knirscht immer stärker. Die zwei ziehen noch mehr. Im nächsten Augenblick kracht es und das Brett bricht weg. Dazu bellt der Hund wie verrückt, aber im Hof bleibt es dunkel.

Als sie das Scheunentor aufziehen, knarrt es mächtig. Sie gehen in den dunklen Raum und hoffen, dass sie hier sicher sind.

8.

Der Polizist ärgert sich, dass er die Jugendlichen am Kanal nicht erwischt hat. Das waren die Brandstifter, da ist er sicher. Als sie die Böschung hochgerannt sind, ist er noch hinterhergelaufen. Aber sie waren schneller.

Das Versteck unter der Eisenbahnbrücke hat er sich genau angesehen. Eigentlich war's ein guter Platz. Sie hätten es da eine Zeit lang aushalten können. Das Zelt, die Essensvorräte und die Flaschen im Kanal hat er auch gefunden. Er wird das alles irgendwann tagsüber abholen.

Jetzt geht der Polizist durch Eggersberg, die Haupt-Straße runter. Er will noch mal zum Revier, es könnten neue Anrufe gekommen sein. Die Leute rufen nämlich auch nachts im Revier an, wenn hier was passiert. Vom Anrufbeantworter erfahren sie dann die nächste Polizeistation, die Bereitschaftsdienst hat. Bevor sie es dort versuchen, sprechen die meisten aufs Band. Oder sie rufen den Polizisten zu Hause an.

Der Ort liegt völlig ruhig da. Kein Wunder, es ist nach elf. Hinter einigen Vorhängen brennt Licht, doch in den meisten Wohnungen ist es dunkel.

Für den Polizisten geht der Arbeitstag noch weiter.

Na ja, hätte er die Jugendlichen am Kanal erwischt, wäre erst mal alles zu Ende gewesen. Und vor allem hätten Eike und seine Leute keine Chance gehabt, heute Nacht Krieg zu spielen.

Die Bechtshausener sind vorhin wirklich blitzschnell abgehauen, fällt ihm ein. Sie müssen sehr viel Angst haben geschnappt zu werden. Sicher ahnen sie, dass die Eggersberger hinter ihnen her sind. Wahrscheinlich haben sie auch Angst vor ihm, der Polizei. Denn sie wissen ja nicht, was ihnen von der droht.

Vielleicht haben sie außerdem Angst vor ihren Eltern. Obwohl … die Eltern, die er am Telefon gehört hat, haben nicht so geklungen, als müssten Hannah und Nick Angst vor ihnen haben. Die waren besorgt und suchen ihre Kinder überall. Er will nachher noch zu den Eltern rüberfahren.

Als der Polizist auf die Kneipe zukommt, beschließt er noch mal reinzugehen. Vielleicht sitzen Eike und seine Leute ja weiter zusammen und trinken.

Aber die Kneipe ist fast leer, auch Eike und die anderen von seinem Tisch sind verschwunden.

Die Wirtin erzählt: „Robert, die Jungs haben vorhin ihre Mopeds geholt. Sie fahren nach Bechtshausen. Ich hab gesagt: ‚Lasst das!' Aber sie hören nicht. Und so ein paar dumme Erwachsene hetzen sie noch auf. Tu was, Robert! Sonst geht das böse aus."

„Ich fahr nachher rüber nach Bechtshausen. Mal sehen, was ich tun kann", sagt er.

Zehn Minuten später sitzt er am Schreibtisch im Revier. Er hat's geahnt, es sind neue Anrufe gekommen. Der erste Anrufer will nur wissen, warum die Feuerwehrsirene geheult hat. Dann wird's interessant, denn in der letzten Viertelstunde haben wieder Eltern angerufen, deren Kinder nicht nach Hause gekommen sind. Sie heißen Britt und Julian, vierzehn und fünfzehn Jahre alt. Und die beiden sind befreundet. Die Eltern machen sich Sorgen, weil sie gehört haben, was beim Osterfeuer passiert ist.

Der Polizist ruft sie sofort an. Er sagt, er werde nachher bei ihnen vorbeikommen. Von Britts Mutter erfährt er, dass etliche Jungs mit ihren Mopeds ständig durch den Ort fahren und einige davon tragen Baseballschläger.

Genau so hat er sich das vorgestellt. Wenn die zuschlagen, können sie was erleben. Er hat sie gewarnt. Sollte das passieren, wird er sich auch Eikes Vater vorknöpfen. Einfach idiotisch von dem, die Stimmung weiter anzuheizen.

Bevor er losfährt, ruft er noch im Krankenhaus an. Das hat er Fabians Freundin versprochen, und die wartet bestimmt auf seinen Anruf. Außerdem will er selbst unbedingt wissen, wie es Fabian geht.

Von einem Arzt erfährt er, dass Fabian in eine Spezialklinik gebracht wurde, weil seine Verbrennungen sehr schwer sind.

„Kommt der Junge durch?", fragt der Polizist.

„Ich weiß es nicht", antwortet der Arzt. „Ich kann nur sagen, dass er in der anderen Klinik bessere Chancen hat."

Als der Polizist den Hörer auflegt, sitzt er da und hofft: Der Junge muss einfach durchkommen!

Nun telefoniert er mit Petra. Die hat inzwischen von Fabians Eltern schon erfahren, dass er in einer Spezialklinik ist. Während sie miteinander reden, fängt sie an zu weinen. Und der Polizist weiß nicht, wie er sie trösten soll.

Schließlich sagt er: „Damit das alles nicht noch schlimmer wird, kümmere ich mich jetzt um die Jungs aus Eggersberg. Die sind nämlich nach Bechtshausen gefahren."

Inzwischen gibt's keinen Zweifel mehr, dass er morgen die Kriminalpolizei aus der Stadt dazuholen muss. Er hätte sich ja lieber weiter alleine um den Fall gekümmert und ihn im Ort gelassen. Schließlich kennt er die Verhältnisse hier. Aber bei einer schweren Körperverletzung darf er das nicht. Furchtbar, was aus der Zündelei am Osterfeuer geworden ist.

Jetzt geht er nach Hause, denn da steht sein Wagen. Unterwegs trifft er niemanden mehr. Hier ist wirklich nichts los, denkt er. Und das gilt auch tagsüber. Für die Jugendlichen müsste mehr getan werden, ein eigener Treffpunkt wäre ein Anfang. Zwar gibt es in einem der Dörfer eine Disco, aber man kommt da nur schwer hin, weil kaum Busse fahren, und abends schon gar nicht.

Dann fällt ihm ein: Bisher haben die Eltern von vier Bechtshausener Jugendlichen angerufen. Aber vorhin am Kanal hat er fünf gesehen.

Wie war's genau? Im Licht seiner Taschenlampe sind oben auf der Böschung vier Leute gerannt und weiter unten noch einer. Ja, er ist sicher, dass er fünf sucht.

Da steht sein Wagen. Im Haus brennt kein Licht mehr. Seine Frau und Nele schlafen wohl schon.

Der Polizist fährt los. Als er durch den Wald kommt, denkt er: Hier könnten die fünf irgendwo sein. Oder sie haben inzwischen ein anderes Versteck gefunden.

Wohin würde er an ihrer Stelle gehen? Bevor er eine Idee hat, ist er in Bechtshausen. Er fährt zweimal durch das Dorf. Von Eike und seiner Truppe keine Spur. Vielleicht haben sie aufgegeben. Oder sie suchen die Bechtshausener woanders.

Vor Britts Elternhaus bleibt er kurz im Auto sitzen. Er überlegt noch einmal, wo sich die fünf verstecken könnten. Ein paar Rohbauten am Waldrand fallen ihm ein. Aber die sind viel zu nah am Ort. Dorthin trauen sich die Bechtshausener bestimmt nicht. Auch in der Schrebergartensiedlung könnten sie sein. Um diese Jahreszeit ist da nachts nichts los. Sie müssten nur eines der Gartenhäuser aufbrechen. Aber auch die Siedlung liegt zu nahe. Außerdem gibt's natürlich einige Scheunen, die gute Verstecke wären. Drei fallen ihm sofort ein.

Wahrscheinlich sind die Scheunen die beste Idee. Die sollte er nachher gleich mal abfahren. Vielleicht stecken die fünf dort.

Er öffnet die Wagentür und horcht. Mopeds sind hier keine mehr unterwegs. Nun geht er zu Britts Eltern. Vielleicht ahnen die, wo ihre Tochter sein könnte. Und vielleicht wissen sie auch, wer der fünfte ist, den er sucht.

9.

Hannah zieht das Scheunentor hinter ihnen zu. Die fünf stehen nebeneinander und sehen in den großen dunklen Raum. Umrisse erkennen sie, mehr nicht. Julian knipst die Taschenlampe kurz an und lässt den Lichtschein durch die Scheune wandern.

Als Erstes fällt Nick auf: „Da liegt gar kein Heu!"

„So'n Mist!", schimpft Hannah. „Ich dachte, wir könnten im Heu schlafen."

„Unsere Kleinen sind wohl sehr müde", spottet Philipp.

„Total lustig, du Witzbold", meint Nick, der wie Hannah immer weniger Respekt vor dem älteren und stärkeren Philipp hat. Die beiden finden ihn inzwischen ziemlich blöd.

Die Taschenlampe beleuchtet einen alten Traktor. An der Wand gegenüber hat man Gartenmöbel gestapelt, Stühle, eine Bank, Liegestühle und einen Tisch.

„Das können wir alles gebrauchen", sagt Britt.

Julian knipst vorsichtshalber die Taschenlampe aus. Er befürchtet, dass man ihr Licht von draußen durch die Ritzen der Scheune sehen könnte. Also tappen sie ziemlich blind herum.

Im nächsten Augenblick poltert es, weil Philipp über irgendetwas gestolpert ist. „Verdammt!", flucht er.

Nun legt Julian ein zusammengefaltetes Taschentuch vorne über die Lampe und knipst sie wieder an. So haben sie wenigstens eine schwache Lichtquelle. Sie hoffen, dass man die von draußen nicht sehen kann.

Die fünf stellen Stühle um einen Gartentisch und setzen sich. Jetzt merken sie, dass der Hund nicht mehr bellt.

Philipp lehnt sich zurück und meint: „Hier ist es okay. Wir bräuchten nur noch was zu essen und zu trinken." Aber sie wissen ja, dass alles unter der Kanalbrücke liegen geblieben ist.

„Wahrscheinlich essen das die Eggersberger", vermutet Britt.

„Hoffentlich bleibt's ihnen im Hals stecken", meint Philipp.

Hannah kramt in ihrer Jacke, dann sagt sie: „Ich hab noch ein paar Kaugummis." Die legt sie auf den schmutzigen Tisch.

Nick holt vier Bountys aus seinen Hosentaschen und legt die daneben. Das ist ihr Abendessen.

Philipp nimmt sich gleich ein Bounty und motzt: „Ih, das ist matschig."

„Brauchst es ja nicht zu essen", sagt Julian. Er teilt sich ein Bounty mit Britt.

Danach kauen sie Kaugummi. Alle haben Durst, aber zu trinken gibt's nichts.

Britt fragt Philipp: „Tut dein Gesicht noch weh?"

„Ich spür's. Ist aber nicht so schlimm." Er freut sich, dass Britt das wissen will, gerade sie. Jetzt fährt er mit der Hand übers Gesicht und zuckt zusammen, weil die Haut doch ziemlich brennt.

Die abgedunkelte Taschenlampe steht auf dem Tisch. In ihrem funzeligen Licht sieht Philipp, wie Julian Britt ein Stück Kaugummi in den Mund schiebt. Sie ist mit ihrem Stuhl zu ihm gerückt und ihre Hand liegt auf seiner. Auch Nick und Hannah sitzen nah nebeneinander. Vor allem wenn Philipp Britt und Julian sieht, ist das ein seltsames Gefühl. Dann tut irgendwas in ihm weh. Trotzdem muss er die beiden immer angucken.

Genau wie Julian mit Britt zusammen ist, möchte er mit ihr zusammen sein. Das wünscht er sich oft. Er stellt es sich toll vor zu wissen, die gehört zu mir. Aber ihm ist klar, so ein Mädchen wie Britt kriegt er nie.

Im Augenblick redet keiner. Sie kauen Kaugummi und Philipp sieht Britt an. Sie ist ziemlich groß und nicht dünn. Ein starkes Mädchen mit blonden kurzen Haaren. Sportlich wirkt sie. Philipp guckt sich an ihr fest. Ihr Gesicht ... er findet's prima. Und ihren Busen kann er schon richtig erkennen, unheimlich niedlich. Eine tolle Frau. Aber sie ist mit Julian zusammen und die zwei tun, als wären sie verheiratet.

Er beneidet Julian und den Nick eigentlich auch. Jeder von denen hat ein Mädchen, das er mag. Und ich ... denkt er ... ich hab niemanden. Zu Hause ist es ... Mist, absoluter Mist sogar. Ständig sind alle mit ihm unzufrieden, meckern, schimpfen. Sein Vater ist unheimlich jähzornig, trinkt viel zu viel und schlägt oft zu. Wahrscheinlich sind die Eltern froh, dass ich weg bin, denkt Philipp. In der Schule ist es fast genauso blöd. Einen Freund hat er nicht, eine Freundin schon gar nicht. Scheißleben, denkt Philipp. Und jetzt ist auch noch das mit dem Osterfeuer so fürchterlich in die Hose gegangen.

Dann stellt er sich vor, die Eggersberger tauchen auf und knüppeln los. Die schlagen auch Britt zusammen. Wenn die ihr was tun! Das darf nicht passieren.

Philipp schluckt den Kaugummi runter und sagt: „Wir müssen uns gegen die Eggersberger wehren können. Ich hab ein Taschenmesser und jeder hat einen Stock. Sonst nix."

Auch die anderen wissen, dass ihnen das gegen die Eggersberger nicht viel nützen wird. Die sind mehr als sie, älter, stärker und ziemlich brutal. Sie haben die Baseballschläger ja gesehen.

Philipp beugt sich vor und sagt leise: „Wenn wir eine Pistole hätten, könnten die uns nichts tun. Dann könnte uns niemand was tun!"

„Aber wir haben keine", erwidert Julian.

Britt meint: „Und mit der Pistole würde sicher auch geschossen. Nee! Es reicht schon, was mit Fabian passiert ist."

„Ich würd nicht schießen", sagt Philipp. „Wenn die Eggersberger kommen, ziehe ich nur die Pistole raus."

„Du bist ganz toll", macht sich Julian über ihn lustig. „Komm, spinn nicht rum."

Philipp will schon darauf antworten, dass das mit der Pistole nicht nur so rumgesponnen ist. Aber darüber möchte er lieber noch nicht reden, das muss er sich erst genau überlegen.

Die Bountys sind gegessen und die Kaugummis gekaut. Hunger haben die fünf trotzdem und Durst erst recht.

Britt sagt: „Eines ist klar … falls uns die Polizei schnappt, kann sie keinem von uns allein die Schuld geben, dass er den Haufen angesteckt hat und Fabian …", sie stockt, „was passiert ist."

„Wir waren's alle", ergänzt Julian.

Im schwachen Licht der Taschenlampe sehen die fünf dunkle Umrisse voneinander. Nur die Gesichter erkennt man deutlicher und die hellen Hände.

In Philipps Kopf hat sich der Gedanke an die Pistole festgesetzt. Mit so einer Waffe kann er Britt beschützen. Sicher findet sie das dann toll, obwohl sie jetzt was gegen die Pistole hat. Danach könnte es sein, dass Britt …

Philipps Gedanken werden unterbrochen, weil Hannah fragt: „Wie soll das eigentlich weitergehen? Ich meine … morgen, übermorgen, die Tage danach. Wollen wir ewig weglaufen und uns verstecken?"

Sie denkt wohl, die Älteren wissen eine Antwort. Aber denen fällt keine ein.

Schließlich meint Philipp: „Also, mich kriegt niemand nach Hause. Hab ich ja schon gesagt."

„Auch wenn einer nach Hause kann, weil er mit seinen Eltern irgendwie klarkommt … es geht nicht." Mehr muss Julian nicht sagen.

Sie haben die Eggersberger ja gesehen. Die sind mit ihren Mopeds nicht spazieren gefahren.

„Aber die lauern uns nicht tagelang auf", wendet Nick ein. „Irgendwann wollen sie nach Hause."

„Und in die Schule", sagt Hannah.

„Von denen gehen nicht mehr alle zur Schule", weiß Britt.

Nick räuspert sich. „Also … ich könnte zu meinen Eltern kommen, auch wenn was Schlimmes passiert ist." Er überlegt kurz und redet weiter. „Meine Mutter würde wahrscheinlich die ganze Zeit weinen und mein Vater schimpft rum. Aber sie halten dann doch zu mir … glaub ich jedenfalls."

Dazu nickt Hannah neben ihm. Sie denkt, dass es bei ihr ähnlich wäre. Nick guckt sie an und nimmt vor allen anderen ihre Hand in seine. Irgendwie ist das seit heute anders zwischen ihnen. Sicher, sie sind schon immer Freunde gewesen. Aber so nah waren sie noch nie zusammen, äußerlich und innerlich. Hannah drückt Nicks Hand.

Wütend und laut sagt Philipp: „Geht doch nach Hause, wenn's da so gut ist! Dort warten sie alle auf euch. Die lieben Eltern. Die liebe Polizei. Und die lieben Eggersberger. Eure Eltern können euch dann im Gefängnis besuchen … oder im Krankenhaus."

„Ich würde ja auch lieber nach Hause gehen", sagt Britt. „Völlig durchdrehen würden meine Eltern wohl nicht. Aber wir müssen uns verstecken."

Julian nickt und sagt leise: „Mensch, hab ich Schiss!"

Wieder denkt Philipp: Eine Pistole, das wär's. Ich muss eine besorgen. Und wieder kann er nicht weiterdenken, denn Hannah fragt zögernd: „Meint ihr, wir kommen ins Gefängnis?"

„Oder in ein Jugendheim oder so was?“, fragt Nick. „Wie wird das überhaupt mit der Schule? Dürfen wir da noch hin?“

„Die Schule stinkt mir sowieso. Die ist mir scheißegal“, antwortet Philipp und schlägt auf den Tisch.

Die anderen überlegen, was mit der Schule wird. Auch darauf wissen sie keine Antwort.

Und Britt sagt: „Ins Gefängnis muss man bis vierzehn wohl nicht …“

„… und in ein Heim?“, fragt Nick ängstlich.

Britt zuckt mit den Schultern. „Ich glaub, man kommt nicht ins Heim, wenn zu Hause alles einigermaßen in Ordnung ist. Aber so genau weiß ich's nicht.“

„In den Knast will ich nicht!“, sagt Philipp grimmig. „Wahrscheinlich komm ich da nämlich rein. Ich bin alt genug, genau wie Britt und Julian.“

Als Trost fällt Hannah ein: „Wenn's Fabian einigermaßen geht, wird's für uns vielleicht auch nicht so schlimm. Dann können wir irgendwann wieder nach Hause.“

Aber eigentlich glauben alle, dass Fabian mindestens schwer verletzt ist. So, wie der geschrien hat.

Britt sagt: „Wir müssen bis morgen warten. Mal sehen, was dann über Fabian in der Zeitung steht. Irgendwo holen wir uns eine.“

Philipp guckt zu Nick und Hannah, drohend sagt er: „Eines ist klar, wir lassen euch nicht weg. Ihr könnt nicht so einfach abhauen, sonst verpfeift ihr uns. Oder ihr sagt: ‚Die Großen waren's.‘ Nee … ihr bleibt schön hier bei uns. Sonst passiert was!“

Alle starren ihn überrascht an und Hannah fragt: „Bist du bescheuert? Wir wollen gar nicht abhauen."

„Und wir würden euch nie verpfeifen", sagt Nick. „Wir waren alle am Osterfeuer und wir haben's alle angesteckt."

Britt nimmt das Taschentuch von der Lampe und leuchtet in der Scheune umher. Sie entdeckt einen kleinen Heuhaufen hinterm Traktor. „Guckt mal, es ist doch ein bisschen Heu übrig", freut sie sich.

„Zu fünft passen wir da nicht rein", meint Philipp. „Und wir brauchen sowieso Wachen, die die anderen wecken, wenn jemand auftaucht."

„Ich kann erst mal mit Julian Wache halten und ihr drei schlaft", bietet Britt an.

„Ach nee, unser Liebespaar bewacht uns", lästert Philipp. „Wahrscheinlich knutschen die rum, wenn wir schlafen. Also … ich bin nicht müde. Schlaft ihr mal. Ich pass auf."

„Danach kommen wir dran", bestimmt Britt.

Philipp nickt. „Ich weck euch in ein paar Stunden. Unsere Kleinen … die brauchen wir nicht als Wachen. Sonst sind sie plötzlich doch verschwunden."

Die anderen stöhnen, als sie das hören. Hannah und Nick sagen nichts dazu. Sie gucken sich nur kurz an und verdrehen die Augen.

Die fünf reden noch darüber, dass sie morgen außer der Zeitung unbedingt was zu essen und zu trinken brauchen. Aber sie haben keine Ahnung, wo sie das herkriegen sollen.

Julian fällt ein: „Wir könnten ein paar Dörfer weiter laufen, irgendwohin, wo uns niemand kennt. Dort kaufen wir alles."

Jeder legt sein Geld auf den Tisch. Knapp zehn Euro kommen zusammen. Das reicht nicht, wenn sie länger untertauchen müssen.

Britt fragt Hannah und Nick: „Schlaft ihr mit im Heu? Vielleicht geht's zu viert."

Julian muss aufs Klo.

Philipp lacht. „Gibt's hier nicht." Er öffnet vorsichtig das Scheunentor. Sofort fängt der Hund wieder an zu bellen. Jetzt verschwinden alle mal nach draußen. Als sie zurückkommen, leuchtet Philipp mit der Taschenlampe zum Heu. Die vier legen sich rein und merken, der Platz reicht gerade. Ziemlich kalt ist ihnen. Sie ziehen ihre Jacken eng um sich und Julian kuschelt sich an Britt. So nah traut sich Nick nicht zu Hannah, obwohl sie beide frieren. Aber er nimmt ihre Hand wieder in seine. Jetzt versuchen sie einzuschlafen.

Philipp schaltet die Taschenlampe aus. Er hat sich einen Gartenstuhl ans Scheunentor geholt. Dort sitzt er und bewacht die anderen. Sie reden nichts mehr. Er hört nur noch, dass sie sich im Heu hin- und herdrehen.

Philipp überlegt, ob sie nicht auch woanders was zu essen und zu trinken bekommen könnten als erst einige Dörfer weiter. Das dauert ja ewig. Und drüben im Laden von Ratke steht das Zeug rum.

Ob ich da reinkomme?, überlegt Philipp. Der Ratke scheint nicht zu Hause zu sein. Aber der Hund, der ist da. Na ja, vielleicht hat Ratke ihn angekettet und ich komme an ihm vorbei. Nachher geh ich mal rüber und seh mir das an, nimmt Philipp sich vor.

Da hört er plötzlich Geräusche. Sie klingen fast wie Schritte, nur leiser. Jetzt raschelt es. Philipp starrt in die Dunkelheit. Die Geräusche kommen nicht von draußen, sie sind in der Scheune.

Ist einer von den vieren im Heu aufgestanden? Philipp knipst die Taschenlampe an und leuchtet rüber. Nee, sie liegen alle da. Und dann sieht er, wer die Geräusche macht. Neben einem Vorderreifen des Traktors sitzt eine Katze, schwarz und schmal. Mit ihren gelben Augen guckt sie zu ihm rüber.

„He, Picon", flüstert Philipp.

Katzen mag er. Seine Großmutter hatte welche und Picon war seine Lieblingskatze. Der Name ist ihm sofort wieder eingefallen, obwohl die Katze schon lange tot ist, Oma auch. Picon war klein und schwarz wie diese Katze hier.

Sie kommt zu ihm und drückt sich an sein Bein.

„Hallo", flüstert er und sie miaut. Er streichelt die Katze, als Antwort schnurrt sie. Dann flüstert Philipp: „Picon, du hast es gut, kannst hier jede Menge Mäuse fangen. Aber wir haben nix zu fressen."

Als Philipp aufhört die Katze zu streicheln, geht sie zum Traktor zurück. Er leuchtet hinter ihr her. Dabei sieht er eine Stange, die neben dem Trecker an der Scheunenwand lehnt. Die will er sich genauer angucken.

Eine Eisenstange ist das, etwas länger als ein Meter. Philipp nimmt sie und wiegt sie in der Hand. Die ist besser als der Knüppel, den er vorhin gefunden hat. Mit der kann man bestimmt zuschlagen wie mit einem Baseballschläger.

Er lehnt die Stange neben sich an den Stuhl und denkt: Die kriegen mich nicht. Und keiner von denen darf Britt was tun. Sonst flipp ich aus! Er schlägt mit der Stange durch die Luft. Ob mehr solcher Dinger rumstehen? Es wär gut, wenn jeder von ihnen eine hätte. Er leuchtet herum. Aber da ist keine mehr.

Noch besser als so 'ne Stange wäre natürlich 'ne Pistole. Von den Eggersbergern hat garantiert keiner eine. Endlich kann Philipp über die Waffe nachdenken, ohne dass ihn jemand stört.

Er würde mit der Pistole vor Britt stehen, wenn sie kommen. Die würden Augen machen und sie könnten ihr nichts tun, niemandem könnten sie etwas tun. Mit einer Pistole hätte er keine Angst mehr. Das wär das Größte.

Philipp kennt einen, der eine Pistole hat. Sein Onkel nämlich, der Bruder seines Vaters. Den Onkel findet Philipp klasse, denn der macht jeden Blödsinn mit. Vor ein paar Monaten hat er Philipp die Pistole gezeigt und ein bisschen damit angegeben. Philipp wollte wissen, woher man so ein Ding bekommt. Der Onkel hat gegrinst und gesagt: „Die kriegt man nicht einfach im Laden. Ich hab sie mir so beschafft." Mehr wollte er nicht erzählen.

Immer wieder hat Philipp gebettelt, bis sie die Pistole im Wald schließlich mal ausprobiert haben, der Onkel und er, jeder einen Schuss. Seitdem weiß Philipp, wie man die Waffe lädt, wie man sie sichert und entsichert. Und wie man schießt, weiß er auch.

Er hat seinem Onkel versprochen, niemandem davon zu erzählen. Daran hat er sich gehalten.

Philipp sitzt auf dem Gartenstuhl am Scheunentor und ist ganz aufgeregt. An die Pistole käme er nämlich ran, das wär gar nicht so schwierig. Sein Onkel wohnt in einem kleinen Reihenhaus in Bechtshausen, dem Wald gegenüber. Er lebt allein. Philipp weiß, dass der Onkel den Ersatzschlüssel fürs Haus immer unter einen Stein neben den Eingang legt. Außerdem weiß er, wo die Pistole und die Munition im Haus versteckt sind.

Inzwischen ist aus der Idee ein Plan geworden. Morgen früh, wenn sein Onkel arbeitet, will Philipp vom Waldrand zum Haus schleichen. Mit dem Schlüssel kommt er rein. Die anderen vier brauchen gar nicht zu wissen, dass er die Waffe holt. Denen erzählt er einfach, er nimmt sich ein bisschen Geld vom Onkel und die Zeitung. Ihm fällt noch ein: Falls der Onkel merkt, dass die Pistole verschwunden ist, könnte er der Polizei nichts davon sagen. Denn er darf das Ding ja gar nicht besitzen.

Die Katze kommt wieder. Sie drückt sich an Philipps Bein wie vorhin.

Er hebt sie hoch, setzt sie auf seinen Schoß und streichelt sie. Dazu flüstert er: „Picon, morgen früh haben wir viel vor. Wir holen was zu essen, zu trinken, 'ne Zeitung und ich besorg 'ne Pistole."

10.

Der Polizist sieht auf die Uhr, gleich ist es zwölf. Er war bei Julians Eltern und eben kommt er aus dem Haus von Britts Eltern. Jetzt sitzt er im Wagen, den Zündschlüssel hält er in der Hand. Aber er fährt noch nicht los, denn ihm geht durch den Kopf, was er von den Eltern erfahren hat.

Sie haben ihm erzählt, dass Britt und Julian während der Woche nie so spät nach Hause kommen. Also hatten sich die Eltern Sorgen gemacht. Dann rief ein Freund von der Eggersberger Feuerwehr bei ihnen an. Der Mann berichtete über seinen Einsatz am brennenden Osterfeuer und was mit Fabian passiert ist. Er fragte: „Hat Britt was damit zu tun? Denn das sind doch bestimmt Bechtshausener gewesen." Britts Eltern riefen dann Julians Eltern an und die sagten, auch Julian wäre nicht zu Hause. Danach telefonierten sie mit der Polizeistation.

Der Polizist glaubt inzwischen die Namen von vier Brandstiftern zu kennen: Julian, Britt, Hannah und Nick. Aber unter der Kanalbrücke hatte er fünf Personen gesehen.

Der fünfte wird Philipp sein. Britts Mutter erzählte nämlich, am Abend hätte ein Philipp aus Britts Klasse angerufen. Er wollte wissen, ob Britt schon losgegangen sei.

Allerdings haben sich Philipps Eltern bisher nicht auf der Wache gemeldet, um sich nach ihrem Sohn zu erkundigen. Na ja, vielleicht sind die daran gewöhnt, dass er abends nicht nach Hause kommt.

Schließlich berichtete Britts Mutter von den Mopeds: „Die sind immer wieder hier vorbeigefahren und einige Fahrer hatten Baseballschläger mit. Aber in der letzten halben Stunde hab ich die Mopeds nicht mehr gehört."

Britts Vater drohte: „Wenn Britt nach Hause kommt, kann sie was erleben!"

Ähnliches hörte der Polizist auch von Julians Eltern. Wahrscheinlich ahnen Julian und Britt, was sie zu Hause erwartet. Für die gibt's also Gründe, sich zu verstecken.

Der Polizist sagte den Eltern, sie sollten froh sein, wenn ihre Kinder sich nach Hause trauten. „Und rufen Sie mich dann bitte sofort an. Egal, wie viel Uhr es ist." Zum Schluss gab er den Eltern seine Privatnummer.

Jetzt sitzt er im Auto und überlegt, ob er noch versuchen soll Philipps Familiennamen herauszufinden. Dann könnte er auch gleich dessen Eltern besuchen. Aber nein, dazu ist es zu spät. Und morgen erfährt er den Namen sowieso über die Schule.

Bevor der Polizist losfährt, öffnet er die Wagentür und horcht, ob irgendwo Mopeds herumknattern. Er hört keine. Die Eggersberger Schlägertruppe scheint nicht mehr unterwegs zu sein.

Nun fährt er durch den Ort. Dabei muss er sich sehr konzentrieren, denn er ist müde. Jetzt nach Hause und ins Bett! Morgen kann er sich weiter um die fünf kümmern. Dann wird er auch Unterstützung durch einen Kollegen von der Kripo bekommen. Das lässt sich ja nicht mehr verhindern. Hoffentlich taucht einer auf, der den Fall ähnlich sieht wie ich, wünscht sich der Polizist. Einer, der nicht alles besser wissen will und mit dem er reden kann.

Auf dem Weg nach Hause fällt ihm ein, er sollte sich noch schnell zwei mögliche Verstecke der Bechtshausener ansehen. Am wahrscheinlichsten sind die Scheunen, und die liegen fast auf seinem Weg, die erste gleich am nördlichen Ortsende.

Hier kennt er jede Straße, genau wie drüben in Eggersberg, wo er wohnt. In dieser Gegend ist er seit seiner Kindheit zu Hause. Er möchte nirgendwo anders arbeiten. Dorfsheriff nennen sie ihn. Darüber muss er immer grinsen. Wenn er ehrgeiziger wäre, könnte er sicher auch irgendwo bei der Kripo arbeiten. Aber er ist nicht ehrgeizig und er möchte hier bleiben.

Früher hatte er sich seinen Beruf anders vorgestellt, abenteuerlicher, weniger Büroarbeit, weniger Verwaltung, weniger Überstunden und mehr Geld. Aber trotzdem … meistens ist er gerne Polizist, auch wenn es Fälle gibt – wie den heute –, die ihm mächtig an die Nieren gehen.

Er bremst und stellt sofort die Scheinwerfer ab. Vorne am Feldweg, ziemlich weit entfernt vom nächsten Haus, steht die erste Scheune. Das letzte Stück geht er zu Fuß, denn die fünf sollen seinen Wagen nicht gleich hören, falls sie sich dort verstecken.

Er versucht möglichst leise aufzutreten. Die Taschenlampe knipst er erst direkt vor der Scheune an. Das Tor ist abgeschlossen. Er geht um die Scheune herum. Sie ist nicht aufgebrochen worden und er hört auch kein Geräusch. Hier jedenfalls verstecken sich die Bechtshausener nicht.

Zur zweiten Scheune ist es nicht weit. Auch die wäre ein gutes Versteck. Er fährt schnell hin, das letzte Stück geht er wieder zu Fuß.

Das Tor steht offen und er leuchtet hinein. Die Scheune ist völlig leer, das Dach halb eingefallen. Die wird nicht mehr benutzt, auch nicht als Versteck.

Während er durch die Dunkelheit zum Wagen zurückgeht, zieht er seine Jacke eng um sich, denn es ist empfindlich kühl geworden. In der Ferne hört er plötzlich Motorengeräusche, das könnten Mopeds sein.

Nun fährt er endlich nach Hause. Unterwegs denkt er an Fabian. Er hofft sehr, dass man ihm in der Spezialklinik helfen kann.

Als er zu Hause ankommt, ist es fünf Minuten vor eins. Da fällt ihm ein weiteres mögliches Versteck ein, die dritte Scheune. Sie liegt ganz in der Nähe von Paul Ratkes Laden.

Soll er noch hinfahren? Es sind vielleicht zehn Minuten. Nein, er tut's nicht mehr. Er glaubt eigentlich auch nicht, dass sie dort sind. Die Scheune liegt zu nah an Ratkes Haus, außerdem gibt's da einen Hund.

Also … für heute ist Schluss. Aber wenn sie sich doch in der Scheune verstecken und die Eggersberger fahren gerade hin? Er bleibt noch einen Augenblick im Wagen sitzen, bevor er sich endgültig fürs Bett entscheidet.

Angenehm warm ist es in der Wohnung. Er zieht die Jacke aus und legt den Gürtel mit der Pistole beiseite. Dann holt er sich ein Bier aus dem Kühlschrank und setzt sich hin.

Plötzlich überlegt er: Was passiert eigentlich, wenn ich vor den fünf Bechtshausenern stehe und die greifen mich an? Ich bin alleine. Sicher, ich hab die Pistole, aber benutzt habe ich sie noch nie. Nicht einmal geladen ist sie. Die Patronen liegen im Schreibtisch.

Jetzt ist der Polizist wieder hellwach. Er denkt: Ich bilde mir ein, ich hätte genug Autorität, dass sie mich nicht angreifen, also nicht gewalttätig gegen mich werden. Aber die haben Angst und wollen sich nicht erwischen lassen. Und man liest doch ständig was über gewalttätige Jugendliche in der Zeitung.

Sind sie wirklich gewalttätiger als früher? Dem Polizisten fällt ein, er hat sich als Jugendlicher auch mal geprügelt. Baseballschläger waren allerdings nicht dabei, dafür Stöcke. Und sein Tischnachbar in der Schule war stolz auf einen Schlagring. Der Polizist erinnert sich auch an einen Brief seiner Lehrer an die Eltern. Darin stand, die Eltern sollten darauf achten, dass ihre Kinder keine Messer, Schlagringe und andere Waffen mit in die Schule bringen.

Der Polizist sitzt immer noch da, das Bier hat er fast ausgetrunken. Er weiß nicht, ob Jugendliche heute gewalttätiger sind. Jedenfalls wagt er es, nachts und mit ungeladener Waffe Jugendliche zu verfolgen.

11.

Damit ihnen wärmer wird, kriechen die vier möglichst tief in den kleinen Heuhaufen. Britt und Julian liegen eng beieinander. Als Erste schläft dann Hannah ein. Schließlich schaffen es auch die anderen, wachen wieder auf, schlafen kurz weiter.

Sie haben Hunger und Durst. Außerdem sind sie alle unruhig, denn sie wissen ja, sie werden gesucht. Sie wissen auch, dass sie sich nicht ewig verstecken können. Und ihre Gedanken kreisen immer wieder um Fabian im Feuer.

Als Britt einmal aufwacht, denkt sie einen Augenblick, sie hätte das alles nur geträumt. Doch dann schießt ihr voller Schreck durch den Kopf: Das war kein Traum, es ist tatsächlich passiert!

Philipp sitzt als Wache auf dem Gartenstuhl am Scheunentor. Damit er raussehen kann, steht es einen Spalt offen. Auch er wird jetzt müde. Aber die Idee mit der Pistole und wie er sie beschaffen wird, muntert ihn immer wieder auf.

Die Katze Picon springt auf seinen Schoß und lässt sich streicheln. Plötzlich fängt der Hund drüben an zu bellen. Philipp steht auf und sieht durch den Spalt zum Hof. Aber da bleibt es dunkel.

Wieder stellt sich Philipp die Getränke im Laden

vor und das Essen natürlich auch. Eigentlich muss er ja nur an dem Kläffer vorbei, in den Laden käme er dann schon irgendwie. Wenn der Hund beißt, hau ich ihm die Eisenstange aufs Fell, denkt Philipp.

Er will sich mal genauer ansehen, wie er da drüben reinkommen könnte. Schnell leuchtet er mit der Taschenlampe zum Heuhaufen. Die vier rühren sich nicht.

Vorsichtig und Zentimeter für Zentimeter zieht Philipp das Scheunentor auf. Es knarrt kaum. Dann steht er mit der Eisenstange in einer Hand und mit der Taschenlampe in der anderen vor der Scheune und guckt durch die Dunkelheit zum Hof.

Da brennt nirgends Licht und im Augenblick hört man auch den Hund nicht. Schon rennt Philipp über die freie Fläche zum Haus. Sofort kläfft der Hund los. Mistvieh!, denkt Philipp.

Inzwischen glaubt er, dass der Alte nicht zu Hause ist. Sonst hätte er bestimmt längst nach dem bellenden Köter gesehen. Schließlich ist der eine lebendige Alarmanlage.

Mit der Lampe leuchtet Philipp zum Eingang des Ladens, dann leuchtet er den Hund an. Groß, schwarz und drohend steht der im Lichtkegel, zum Glück angekettet.

Philipp traut sich noch einen Schritt näher. Damit hat er wohl eine Grenze überschritten, denn der Hund rast bellend auf ihn los und fletscht die Zähne. Die Kette reißt ihn erst direkt vor Philipp zurück, der die Eisenstange umklammert hält. Aber wenn er zum Laden will, muss er an dem Hund vorbei. Der kläfft wütend und starrt Philipp an und der starrt den Hund an. Da merkt er, er bringt's nicht fertig, auf das Tier einzuschlagen.

Philipp schaltet die Taschenlampe aus und geht in die Scheune zurück. Die vier im Heu sind durch das laute Gebell wach geworden.

Britt fragt: „Was ist los?"

„Ich musste mal raus", antwortet Philipp.

Einige Zeit später kommen Julian und Britt zum Tor. „Jetzt kannst du schlafen", sagt Julian. „Wir passen auf."

Als sich Philipp ins Heu legt, rücken Hannah und Nick von ihm weg. Aber Picon drückt sich an ihn. Gleich darauf schläft Philipp ein.

Julian holt einen zweiten Stuhl und setzt sich neben Britt ans Scheunentor. Ihre Stöcke liegen vor ihnen. Manchmal reden sie leise miteinander.

Einmal fällt Julian ein, was es drüben im Laden alles gibt. Er seufzt. „Käse, Wurst, Brot, Butter, Schinken, Honig, Saft … Oh", stöhnt er, „hab ich Kohldampf!"

„Ich auch", meint Britt. „Aber wir können nicht einfach einbrechen und den alten Ratke beklauen."

Sie sitzen lange da, keiner redet mehr. Irgendwann rutscht Britt fast vom Stuhl, weil sie einen Augenblick eingeschlafen ist. Dann werden beide plötzlich sehr wach, denn ein Auto kommt.

Sie springen auf. Das Motorengeräusch wird lauter, die Scheinwerfer leuchten. Der Wagen hält direkt vor dem Laden.

Britt flüstert: „Das ist bestimmt der alte Ratke."

„Klar“, sagt Julian, „sonst würde der Hund bellen.“

Durch den Spalt am Scheunentor sehen die beiden, wie der Mann im Scheinwerferlicht Obst- und Gemüsekisten auslädt.

Britt sagt leise: „Das holt er alles nachts vom Großmarkt, hat er mir mal erzählt.“

Der alte Ratke schleppt die Kisten in den Laden. Dann streichelt er seinen Hund. Als er die Scheinwerfer ausstellt, ist es wieder völlig dunkel. Im nächsten Moment geht eine Lampe über der Haustür an. Bevor Herr Ratke im Haus verschwindet, dreht er sich noch einmal um. Britt und Julian erschrecken, denn sie meinen, er sieht direkt zu ihnen. Aber in ihrem Versteck kann er sie nicht erkennen.

Unschlüssig steht der Mann da. Britt schießt durch den Kopf: Hoffentlich kommt er nicht zur Scheune und will was holen. Erleichtert sieht sie dann, wie er sich umdreht und die Tür hinter sich zuzieht.

Nach einiger Zeit kriecht Philipp aus dem Heu. Mit der Eisenstange in der Hand kommt er auf Britt und Julian zu. Sie berichten ihm, dass der alte Ratke nach Hause gekommen ist.

Als Philipp die dunklen Umrisse des Autos drüben vor dem Haus sieht, sagt er begeistert: „Das klauen wir und fahren damit weg!“ Eigentlich sagt er das nur so, aus Spaß.

Dazu meint Britt: „Wir können doch dem alten Ratke das Auto nicht klauen.“

„Klauen wir eben ein anderes“, sagt Philipp lässig.

Julian will schon losschimpfen: „He … spinn nicht rum“, da kommt ihm Britt zuvor: „Mensch, ja, das wär gut, wenn wir ein Auto hätten. Damit könnten wir abhauen und nicht nur bis in die nächsten Dörfer. Dann würden die uns nicht kriegen."

Philipp nickt begeistert und Britt fragt ihn: „Kannst du Auto fahren?"

Philipp will den Kopf schütteln. Plötzlich zögert er einen winzigen Augenblick und antwortet: „Ja, kann ich."

„Echt?", fragt Britt.

„Hm", macht Philipp.

Julian sieht ihn verblüfft an und stöhnt: „Du hast sie doch nicht alle!"

Jetzt erzählt Philipp und je länger er erzählt, desto mehr glaubt er, was er sagt. „Also ... das war vor ungefähr einem halben Jahr. Mein Onkel aus Hamburg war zu uns gekommen, der hat einen tollen Wagen, einen schwarzen BMW. Ist ein ziemlich reicher Typ und total nett. Wir beide sind mit der Kiste rumgefahren, auf der Autobahn glatte 220. Das geht ab! Auf einem Feldweg hat mein Onkel gesagt, ich soll mal fahren. Ist doch gar nicht schwer und ..."

„Glaub ich nicht!", unterbricht ihn Julian. „Da warst du gerade mal vierzehn."

„Vierzehneinhalb, aber ich bin ja ziemlich groß. Deswegen hat mein Onkel die Sitze auch gar nicht höher stellen müssen. Er hat mir gezeigt, wie das mit dem Anfahren, Kuppeln, Schalten, Gasgeben und Bremsen funktioniert. Dann hab ich das alles auf dem Feldweg geübt. Mein Onkel hat gestaunt, wie schnell ich's kapiert hab. Na ja ... später bin ich auf der Landstraße gefahren und einmal sogar auf der Autobahn. Super war das!"

„Du könntest also mit uns wegfahren, wenn wir ein Auto hätten?", fragt Britt.

„Den Schlüssel brauchen wir natürlich auch", sagt Philipp. „Dann ginge das."

Julian sieht ihn an und schüttelt den Kopf. „Mann, du hast irgendwie 'ne Klatsche! Dein Onkel lässt dich doch nicht mit seinem Auto fahren. Der ist den Führerschein los, wenn sie ihn dabei erwischen. Warum spinnst du so?"

„Das ist nicht gesponnen. Zweimal hat er mich fahren lassen."

Dazu sagt Julian nun nichts mehr. Philipp erzählt auch nicht weiter, denn er ist selber überrascht, was er da zusammengelogen hat. Aber es war ein gutes Gefühl, richtig stark und aufregend. Beinahe hätte er jetzt auch von der Pistole geredet. Und die Geschichte stimmt ja sogar. Er behält sie aber lieber noch für sich. Damit wird er die anderen morgen überraschen.

Philipp guckt hinter Britt und Julian her, die durch die dunkle Scheune gehen und sich wieder schlafen legen. Auch jetzt ist das ein blödes Gefühl, wenn er Britt so nah bei Julian sieht. Philipp denkt: Der Julian würde nie so rumspinnen wie ich eben. Der ist immer ehrlich. Die beiden passen irgendwie gut zusammen, Britt und Julian. Das sagen alle. Beide sportlich, ziemlich groß, klasse Gesichter, die blonde Britt und der schwarzhaarige Julian.

Philipp sitzt auf dem Gartenstuhl. Dabei sieht er Britts Gesicht vor sich wie ein Foto. Er hat es in sich gespeichert. Die hellen kurzen Haare. Ihre Haut, so ein bisschen braun und unheimlich glatt. Bestimmt toll zum Anfassen und Streicheln. Die Augen … welche Farbe haben die eigentlich? Grau … meint er. Britts Lippen hauen ihn um. Er möchte sie berühren, küssen, obwohl er noch nie ein Mädchen geküsst hat. Und er möchte nicht nur ihre Lippen küssen. Nee … das ganze Mädchen und sie in den Arm nehmen, sich total an sie drücken. Sie spüren, spüren, überall streicheln. Wie eine eiskalte Dusche taucht dann der Gedanke auf, dass es nie so sein wird. Philipp denkt: Ich muss ja nur in den Spiegel sehen, damit ich das kapier. Wenn ich Glück hab, ist Britt freundlich zu mir. Mehr nicht.

Er sitzt da und ärgert sich über sich selbst. Warum spinne ich eigentlich rum? Hab ich das nötig? Scheint wohl so. Diese dämliche Geschichte mit dem Autofahren hätte ich mir sparen können. Na ja … Britt hat sie vielleicht sogar geglaubt. Das ist ja die Hauptsache, beruhigt er sich. Julian hat mir kein Wort abgenommen. Der kann mich sowieso nicht leiden.

Das Gefühl ist neu für ihn. Bisher hat Philipp nämlich immer gedacht, sie beide wären fast so was wie Freunde. Aber das sind sie nicht. Und Hannah und Nick mögen ihn auch nicht, diese kleinen Hosenscheißer. Na ja, die können ihm egal sein. Ihm können überhaupt alle egal sein, bis auf Britt natürlich.

Was ist das? Er hört Schritte. Ach, Britt kommt zu ihm ans Scheunentor.

Sie zieht einen Stuhl neben ihn und fragt: „Sag mal, stimmt das, was du erzählt hast?“

„Das mit dem Auto?“, fragt Philipp.

Britt nickt. Er ahnt das mehr, als er es sieht.

Wieder zögert er einen winzigen Augenblick, bevor er sagt: „Klar stimmt das. Ich spinn doch nicht rum.“ Das klingt ganz überzeugend, er merkt das selbst.

Britt glaubt ihm wohl wirklich. Jetzt will sie wissen: „Tut dein Gesicht noch weh?“

Mensch, sie fragt ihn das schon wieder. Toll findet er das! So hat sich ewig niemand mehr um ihn gekümmert. Er strahlt Britt an. Sehen kann sie das in der Dunkelheit natürlich nicht.

Dann antwortet er: „Es brennt ein bisschen und die Haut spannt.“ Erstaunt bemerkt er, dass Britt näher zu ihm rückt.

Sie knipst die Taschenlampe an, leuchtet ihm kurz ins Gesicht und sagt: „Deine Haut ist ziemlich rot.“ Nun fährt sie mit einer Fingerspitze leicht über seine Wange und fragt: „Tut das weh?“

„Nee.“ Oh, Mann, Britt fasst ihn an! Das hätte er sich nicht träumen lassen und er berührt ihre Hand, die sie schnell zurückzieht. Sein Herz klopft sehr aufgeregt und er sagt: „Du, wenn das alles vorbei ist, leih ich mir das Auto von meinem Onkel, dann kannst du ja mal mitfahren.“

„Hm“, brummt sie und seufzt. „Wenn das alles vorbei ist … Mensch, bin ich dann froh. Aber stell dir vor, die Eggersberger erwischen uns.“

„Schaffen die nicht“, beruhigt Philipp sie. „Guck mal, ich hab mir 'ne Eisenstange besorgt.“ Wieder überlegt er, ob er von der Pistole erzählen soll. Wieder tut er es nicht. Er sagt: „Wenn die kommen, müssen wir einfach zuerst zuschlagen, dann sind schon mal zwei oder drei von denen k.o. Mit dem Rest werden wir auch fertig."

„Glaub ich nicht", meint Britt.

Aber Philipp redet weiter: „Von der Polizei lassen wir uns erst recht nicht fassen. Die können uns gar nichts tun." Drohend schwenkt Philipp die Eisenstange.

„Du kannst den Polizisten die Stange doch nicht auf den Kopf hauen", sagt Britt.

„Bevor die uns kriegen, tu ich das", meint Philipp. Es ist schön für ihn, mit Britt alleine zu sprechen. Das war noch nie so. Er wünscht sich, dass sie länger neben ihm sitzen bleibt.

Da kommt die Katze wieder und drückt sich an Philipps Füße. „Hallo, Picon", begrüßt er sie leise.

„Kennst du die Katze?", fragt Britt.

„Nee", antwortet Philipp und erzählt von der Katze seiner Oma und wie sehr er die mochte. Die Katze und seine Oma. Britt hört ihm zu.

Picon springt auf Philipps Schoß. Er streichelt die Katze wieder und auch Britt streichelt sie. Dabei kommen sich ihre Hände in die Quere und plötzlich streichelt Philipp Britts Hand. Sie lässt die Hand einen Augenblick liegen … dann zieht sie sie schnell weg. Philipp fasst zu ihr rüber, berührt ihren Arm, streichelt den.

Da steht sie auf und sagt: „Ich schlaf noch ein bisschen. Bis später."

Weg ist sie. Jetzt springt die Katze von Philipps Schoß. So 'n Mist, denkt er, ich hab Britt mit der blöden Anfasserei vertrieben!

Er sitzt auf dem Gartenstuhl am Scheunentor und denkt an Britt, die da hinten im Heu neben Julian liegt. Und eben war sie noch nah bei ihm. Er möchte sie berühren, streicheln. Philipp glaubt, dass sie ihn mag, jedenfalls etwas. Ganz groß schiebt sich nun wieder ein Gedanke in seinen Kopf: Der Britt darf niemand was tun, die beschütze ich. Dafür brauch ich die Pistole und die krieg ich auch.

Der Gedanke beruhigt ihn. Plötzlich fällt ihm ein, er weiß immer noch nicht, welche Augenfarbe Britt hat. Er meint ja, die wäre grau. Aber er ist nicht sicher. Er hätte sie danach fragen sollen.

Philipp sitzt da und es passiert gar nichts. Sogar der Hund ist ruhig und im Haus vom alten Ratke bleibt es dunkel. Irgendwann zwitschern die ersten Vögel und manchmal läutet die Kirchenglocke, die man hier nur leise hört.

Schließlich döst Philipp mal kurz ein. Er fährt hoch, döst wieder, diesmal wesentlich länger. Als er aufwacht, weiß er im ersten Augenblick nicht, wo er ist.

Er guckt zu den anderen im Heu, die alle schlafen. Langsam wird es heller, seine Uhr zeigt zehn vor sechs. Die Nacht ist überstanden. Ihm wird klar, dass das Verstecken tagsüber bestimmt noch schwieriger sein wird.

Philipp sieht durch den offenen Torspalt zum Haus rüber. Überrascht bemerkt er Licht in einem der Zimmer. Der Alte ist also aufgestanden.

Wie lange können wir eigentlich noch in der Scheune bleiben?, überlegt Philipp. Der Laden wird um neun Uhr geöffnet, dann kommen wahrscheinlich die ersten Kunden. Bis dahin sollten sie auf alle Fälle verschwunden sein. Also haben sie noch jede Menge Zeit.

Einschlafen darf Philipp allerdings nicht mehr. Es könnte ja sein, dass der Alte was aus der Scheune holen will. Aber eigentlich steht hier nichts, was man irgendwie brauchen könnte, beruhigt sich Philipp.

Plötzlich wird drüben die Haustür geöffnet und der Alte kommt raus. Philipp springt auf. Er will die anderen schon wecken, als er sieht, dass der Mann eine Hundeleine in der Hand hält. Ach, er will seinen Hund ausführen. Jetzt macht er ihn von der Kette los und nimmt ihn an die Leine. Die beiden verschwinden, gehen nach rechts und vom Haus weg. Gleich darauf sieht Philipp sie nicht mehr.

Das ist die Chance! Ich hol uns das Frühstück aus dem Laden. Darüber freut sich Britt bestimmt. Und die anderen haben ja auch Hunger und Durst. Er ist total aufgeregt, nimmt die Taschenlampe und die Eisenstange und guckt noch mal rüber. Der Alte und sein Hund bleiben verschwunden. Vorsichtig drückt Philipp das Tor ein Stück weiter auf. Es darf nicht knarren, die anderen sollen ja weiterschlafen. Er will sie mit dem Frühstück überraschen.

Nun rennt Philipp aus der Scheune zum Hof. Vor der Ladentür links vom Hauseingang bleibt er stehen. Er drückt den Griff, aber natürlich ist der Laden abgeschlossen.

Soll er die Fensterscheibe hier vorne einschlagen, um reinzukommen? Nee, lieber nicht. Das sieht der

Alte sofort, wenn er wieder auftaucht und dann holt der die Polizei.

Also geht Philipp nach links um die Hausecke, denn da gibt's ein zweites Fenster zum Laden. Und das sieht der Alte beim Zurückkommen nicht gleich.

Mit seiner Eisenstange drischt Philipp das Fensterglas kaputt. Alles liegt voller Scherben. Nun schlägt er noch den Rest des Glases aus dem Rahmen. Die Stange wirft er in den Laden und klettert rein.

Das Licht knipst er lieber nicht an. Jetzt bemerkt er seine blutende Hand. Er hat wohl in eine Scherbe gefasst. Egal. Mit der Taschenlampe leuchtet er durch den Raum, die Regale entlang. Es steht alles da für ein tolles Frühstück und die Kasse ist auch nicht zu übersehen.

Sie könnten Geld gebrauchen. Also versucht er das Fach aufzuziehen, in dem es liegt. Aber er kriegt es nicht auf, es ist abgeschlossen. Philipp zerrt daran. Das Ding rührt sich nicht. Er schlägt mit der Stange dagegen und hofft, dass das Geldfach aufspringt. Tut es aber nicht.

Einen Augenblick horcht er, ob er Geräusche hört. Es ist ruhig. Ans Geld kommt er leider nicht ran. Na ja … das Essen ist auch wichtiger.

Er geht hinter den Tresen, schon verschwindet eine Wurst in seiner Hosentasche. Dann bemerkt er einen Karton auf dem Fußboden. Sehr praktisch, darin kann er alles transportieren.

Brot legt er rein, im großen Kühlschrank findet er Käse und Butter. Ein Stück Schinken und ein paar Äpfel und Bananen kommen mit. Im Regal stehen

Marmelade und Honig. Er schnappt sich zwei Gläser, dazu drei Flaschen Saft, dann reicht's.

Bevor er verschwindet, versucht er noch einmal, die Kasse zu öffnen. Auch diesmal schafft er es nicht. Also weg hier! Den Karton stellt Philipp aufs Fensterbrett, dann steigt er raus. Rasch guckt er um die Hausecke, aber niemand ist zu sehen.

Mit dem Karton rennt Philipp zur Scheune. Hinter dem Tor stellt er ihn ab. Mensch, ich hab's geschafft, freut er sich. Ich hab Frühstück für uns besorgt. Aber seine Freude vergeht ihm sofort, als er bemerkt, er hat seine Eisenstange und die Taschenlampe im Laden vergessen.

Soll er noch mal rüberlaufen? Der Alte kann jeden Augenblick zurückkommen. Wenn der ihn über den Platz rennen sieht, hetzt er bestimmt den Hund auf ihn. Aber Philipp braucht die Stange und die Taschenlampe. Also rennt er los und verschwindet sofort hinter der Hausecke und durchs Fenster. Die Stange und die Taschenlampe liegen neben der Kasse. Philipp greift beides, schwingt sich aus dem Fenster und rennt zurück.

Außer Atem steht er hinter dem Scheunentor. Da kommt der Alte mit seinem Hund um die Ecke. Oh, das war verdammt knapp. Vorsichtig zieht Philipp das Tor ein Stück weiter zu.

Ratke und sein Hund verschwinden im Haus. Sicher wird der Alte jetzt frühstücken und der Hund kriegt auch was, denkt Philipp. Bestimmt geht er erst danach in den Laden und bemerkt den Einbruch. Also haben sie hier in der Scheune noch etwas Zeit fürs Frühstück. Danach müssen sie sofort abhauen.

Plötzlich fällt Philipp ein: Hoffentlich holt sich der Alte sein Frühstück nicht aus dem Laden. Er guckt noch mal rüber. Im Haus brennt Licht, aber im Laden bleibt es dunkel.

Philipp trägt den Karton voller Lebensmittel zum Tisch. Die vier werden staunen, freut er sich. Gleich will er sie wecken.

12.

Ziemlich genau um sechs Uhr dreißig geht der Polizist aus dem Haus und steigt in den Wagen. Viel geschlafen hat er in dieser Nacht nicht. Seine Frau winkt ihm hinterher. Heute haben sie wenigstens gemeinsam gefrühstückt. Nur Nele hat gefehlt, denn sie muss erst zur zweiten Stunde in die Schule.

Auf dem Weg zur Polizeistation nimmt er sich vor: Ich schnapp mir die fünf heute, bevor die Leute hier aus dem Ort sie erwischen. Als er dann fast an der Wache angekommen ist, fällt ihm die dritte Scheune wieder ein, also die bei Herrn Ratkes Hofladen. Ich könnte mal schnell hinfahren und nachsehen, ob sich die Bechtshausener dort verstecken, denkt er. Das wollte er ja gestern Abend schon, hat's aber doch sein lassen.

Da vorne sieht er die Polizeistation. Er muss nur daran vorbeifahren und weiter geradeaus nach Bechtshausen, schon ist er bei der Scheune. Aber eigentlich glaubt er auch heute nicht an dieses Versteck. Die Scheune liegt zu nah am Hof, außerdem gibt's dort den Riesenschnauzer. Doch wenn er sich das genau überlegt: Der Hund liegt meistens an der Kette oder er ist im Zwinger. Und die Scheune steht ungefähr zweihundert Meter vom Hof entfernt. Vielleicht sind sie ja doch dort.

Vor der Polizeistation bremst er. Außer dieser Scheune, die ihm nicht aus dem Kopf geht, gibt's noch jede Menge anderer Verstecke. Die fünf könnten zum Beispiel einfach im Wald geblieben sein. Oder sie sind immer an der Landstraße entlanggegangen und längst einige Orte weiter.

Die Scheune will er sich später als Erstes ansehen, danach die Schrebergärten und die halbfertigen Neubauten am Ortsrand von Bechtshausen. Vorher wird er die Polizeistationen in der Nähe benachrichtigen. Die Kollegen sollen aufpassen, ob sich die fünf irgendwo zeigen. Immerhin kennt er ihre Namen, ihr Alter und er weiß, wie sie aussehen. Das kann er alles durchgeben.

Beim fünften ist er allerdings noch nicht ganz sicher. Wahrscheinlich heißt er Philipp, den Familiennamen erfährt er, wenn er in der Schule anruft. Dort wird Philipp heute fehlen, genau wie die anderen vier.

Auch in der Klinik will er bald anrufen. Der Polizist hofft sehr, dass der Junge die Nacht überstanden hat. Voller Schreck fällt ihm ein Film ein, den er über Brandopfer gesehen hat. Die waren oft voller Narben und schwer entstellt. Hoffentlich bleibt Fabian das erspart.

Seit gestern Nacht hat offenbar niemand mehr in der Polizeistation angerufen, denn das Band ist leer. Dem Polizisten fällt ein, die Kripo aus der Stadt wird sich bald melden und ihm sagen, wann der Kollege eintrifft, der ihn unterstützen soll.

Er setzt sich an seinen Schreibtisch. Nun zieht er

die mittlere Schublade auf, weit hinten liegen die Patronen für seine Pistole. Ob er die Waffe heute doch mal laden sollte? Nein … entscheidet er, das hat er noch nie gemacht, damit wird er auch heute nicht anfangen.

Jetzt ruft er seine Kollegen in den nächsten Polizeistationen an. Denen erzählt er, was hier am Osterfeuer passiert ist, und bittet sie auf fünf Jugendliche zu achten. Er gibt die Namen und kurze Beschreibungen durch. Von der nächstliegenden Polizeiwache erfährt er, dass dort heute Morgen ein Auto gestohlen wurde.

„Könnten die fünf das geklaut haben?“, fragt der Kollege.

„Keine Ahnung, ob einer von denen fahren kann“, antwortet der Polizist. „Hoffentlich versuchen sie‘s nicht. Das könnte böse ausgehen.“

Um sieben Uhr fünfundzwanzig ruft er in der Schule an. Die Schulleiterin sitzt schon an ihrem Platz und weiß bereits, was Fabian passiert ist.

Sie sagt ihm, dass es wirklich einen Philipp in Britts und Julians Klasse gibt, Philipp Wegener, fünfzehn Jahre alt. „Ein schwieriger Junge“, berichtet sie. „Kommt in der Schule nicht zurecht. Er hat sich Britt und Julian angeschlossen, obwohl die eine ganz andere Wellenlänge haben. Übrigens – mir tut der Junge Leid. Es würde mich wundern, wenn er nach Hause gegangen wäre … bei den Eltern. Der Vater ist mehr als streng, er ist brutal und die Mutter … na ja … die kann ihren Sohn vor dem Mann nicht schützen.“

Dann sprechen sie über Nick, Hannah, Britt und

Julian. Dabei erfährt der Polizist aber nichts Neues. Schließlich sagt die Schulleiterin noch: „Der Philipp wird sich bestimmt wehren, wenn man ihn festnehmen will, der Junge ist ungewöhnlich stark.“

Von einem Arzt im Krankenhaus hört der Polizist, dass Fabian zum Glück noch lebt. Genaueres kann man zurzeit nicht sagen. Und es hat auch keinen Zweck weiterzufragen. Der Polizist legt auf und hofft, dass der Junge das alles übersteht und nicht zu sehr entstellt ist.

Jetzt kocht er Kaffee. Dabei denkt er weiter über mögliche Verstecke der fünf nach. Ihm fällt ein: Es wäre natürlich alles ganz anders, wenn sie das Auto gestohlen hätten und einer von ihnen fahren könnte. Dann müsste man in einem größeren Umkreis nach ihnen fahnden, nicht nur hier in der Gegend.

Als der Kaffee fertig ist, klingelt es an der Tür. Der Polizist öffnet, vor ihm steht eine Frau ungefähr in seinem Alter.

Sie lächelt und sagt: „Hallo, Kollege, ich bin die Verstärkung von der Kripo.“

„Guten Morgen, ich bin Hauptmeister Köhn.“

„Margrit Struck“, stellt sie sich vor, „Kommissarin.“

Die haben mir eine Frau geschickt, staunt er. Daran muss er sich erst gewöhnen. Natürlich weiß er, es gibt Frauen bei der Polizei. Aber er hat noch nie mit einer zusammengearbeitet.

Nun sagt sie: „Wenn's dir nichts ausmacht, duzen wir uns.“

Er nickt. „Komm rein. Der Kaffee ist gerade fertig. Magst du 'ne Tasse?“

„Gerne." Sie zieht ihre Jacke aus und setzt sich.

Ziemlich groß und schlank ist sie. Ihre langen roten Haare fallen ihm auf. Sie trägt Jeans, einen schwarzen Rollkragenpullover und im Halfter steckt die Pistole.

„Ich hab vorhin hier angerufen, da war besetzt. Dann bin ich gleich losgefahren", sagt sie.

Beim Kaffeetrinken berichtet er ihr alles über das Feuer, über Fabian, die fünf Bechtshausener und die Leute aus Eggersberg, die sie jagen. Natürlich will die Kommissarin wissen, ob er ahnt, wo sich die fünf verstecken könnten.

Er zählt auf, was ihm eingefallen ist. Und er berichtet vom gestohlenen Wagen im Nachbarort.

„Oh", sagt sie, „bei uns hat vor ein paar Monaten ein dreizehnjähriger Junge ein Auto gestohlen und fuhr damit stundenlang rum. Also … vielleicht waren sie das wirklich, vorstellen kann ich mir das schon."

Während sie weiter miteinander reden, spürt der Polizist, dass die Kollegin in Ordnung ist. Mit ihr wird er gut arbeiten.

Das Telefon klingelt. Er nimmt ab und meldet sich: „Polizeistation Eggersberg."

„Hier ist Paul Ratke." Der Mann klingt aufgeregt. Er berichtet, dass in seinem Laden eingebrochen wurde. „Ich wollte mir dort Honig fürs Frühstück holen", sagt er. „Als ich reinging, hab ich gleich die zertrümmerte Scheibe gesehen und dass was gestohlen wurde. Ich bin sofort in meine Wohnung gerannt und hab mich eingeschlossen. Mit dem Fernglas hab ich dann entdeckt, dass man auch die Scheune aufgebrochen hat. Und ich glaub, da ist jemand drin."

Das gibt's doch nicht, denkt der Polizist. Ausgerechnet in der Scheune, die ich mir nicht mehr angesehen habe. „Wir kommen sofort!", sagt er. „Bleiben Sie in Ihrer Wohnung und lassen Sie die Tür abgeschlossen."

„Mach ich."

Der Polizist legt den Hörer auf und sagt: „Wir müssen schnell los!"

„Fahren wir mit deinem oder meinem Auto?", fragt die Kommissarin.

„Wir nehmen meins. Ich kenn mich hier aus und fahr selbst."

„In Ordnung." Sie rennen raus und springen ins Auto.

Während der Fahrt erzählt der Polizist, was er gerade von Herrn Ratke erfahren hat.

„Aha", sagt sie, „unsere fünf haben wohl Hunger und Durst. Mensch, wenn wir die jetzt schnappen, war's ein kurzer Fall für mich."

Da vorne muss er abbiegen. Die Sirene hat der Polizist natürlich nicht eingeschaltet, schließlich wollen sie sich bei den fünfen ja nicht anmelden.

Er denkt: Jetzt krieg ich sie. Dann guckt er kurz zu seiner Kollegin auf dem Beifahrersitz und korrigiert sich: Wir kriegen sie.

13.

Jeder ist etliche Male aufgewacht und wieder eingeschlafen. Jetzt schlafen sie immer noch. Philipp steht vor ihnen. Eigentlich will er sie ja wecken, aber dann lässt er sie doch in Ruhe. Er wird erst einmal alles auf den Tisch stellen, was er aus dem Laden hat mitgehen lassen.

Philipp stellt sich vor, wie sich die vier über das Frühstück freuen werden. Dass er die Kasse nicht aufbekommen hat, ärgert ihn immer noch. Es wäre einfach toll gewesen, mehr Geld zu haben. Aber was soll's? Es hat nicht geklappt.

Inzwischen kommt Philipp in der Scheune ohne Taschenlampe zurecht. Nur hinten, wo die vier liegen, ist es noch dämmrig. Er stellt das Essen und die drei Flaschen auf den Tisch. Mit seinem Taschenmesser will er den Kronenkorken einer Flasche schon mal öffnen, denn er hat Durst. Aber wo ist das Messer? Ach da, tief in der Hosentasche.

Den Verschluss der Bierflasche gestern Abend am Kanal hat er mit dem kleinen Messer aufgestoßen. Das probiert er jetzt auch bei der Saftflasche. Aber dieser Verschluss sitzt fest, jedenfalls rutscht das Messer ständig ab. Und Philipp will sich nicht schon wieder schneiden. Sein Handballen blutet immer noch von der Scherbe, an der er sich vorhin verletzt hat, und der Daumen auch. Er ist nur froh, dass seine Gesichtshaut nicht mehr so stark brennt und spannt.

Nachher wird er die Kronenkorken an der Tischkante abschlagen, so funktioniert das ja auch. Aber erst einmal will er die vier jetzt wecken. Er geht nach hinten in die Scheune. Da sieht er beim Traktor altes Werkzeug liegen, einen verrosteten Hammer, verrostete Schraubenzieher und mittendrin liegt ein Stechbeitel. Das Teil kennt er aus der Werkzeugkiste seines Vaters. Es ist aus Metall, vorne flach abgeschrägt und dünn. Das kann er gut gebrauchen.

Philipp nimmt eine Flasche, schiebt das Ende des Beitels unter den Verschluss, drückt … und wups, springt der Kronenkorken weg. Praktisches Ding, denkt Philipp und plötzlich fällt ihm ein: Mit dem Beitel lässt sich bestimmt auch die Ladenkasse drüben öffnen. Ich muss nur das Ende in den Spalt vom Geldfach schieben, dann stemm ich es auf. Das könnte funktionieren. Mensch, das wär was!

Er guckt zu den vieren. Die schlafen. Nun geht er mit dem Beitel ans Scheunentor und sieht rüber zum Haus. Im Laden ist es weiterhin dunkel, es dauert ja auch noch, bis ihn der Alte öffnet. Heute wird er Augen machen, stellt sich Philipp vor und grinst. Im Haus brennt Licht, genau wie vorhin.

Nur blöd, dass es jetzt schon so hell ist. Einfach über den Platz laufen … das lässt er wohl besser. Dabei könnte ihn der Alte leicht sehen. Um nicht entdeckt zu werden, müsste Philipp an der Scheune vorbei in den Wald und von hinten zum Laden schleichen. Aber auch wenn er dann leise und unbemerkt durchs offene Fenster hineinkäme, die Kasse aufbrechen ... das geht nicht leise. Der Hund würde bellen wie verrückt.

Soll er's trotzdem versuchen? Er sieht noch mal zum Haus. Plötzlich hat er den Eindruck, der Alte steht hinterm Vorhang. Guckt er zu ihm rüber? Hat er etwas bemerkt?

Nee, das war wohl ein Irrtum, da steht niemand. Philipp seufzt. Das mit der Kasse lässt er doch lieber bleiben. Das ist viel zu riskant. Wenn der Alte und sein Hund nicht schwerhörig sind, kriegen sie das mit. Verdammt! Das Geld könnten sie gut gebrauchen. Schade drum.

Jetzt wird er die anderen aber wirklich wecken. Sie haben sich ins Heu gewühlt. Nick ist schon fast wach. Er guckt Philipp aus halb geschlossenen Augen an und erschrickt, als er merkt, wo er ist. Philipp sieht zu Britt, deren Augen noch zu sind. Und wieder erkennt er ihre Augenfarbe nicht.

„Los! Aufstehen! Es gibt Frühstück!", ruft Philipp und sieht genau auf Britts Augen.

Da bellt Julian ihn an: „He! Was glotzt du so blöd?"

Ertappt guckt Philipp weg.

Hannah sitzt im Heu, blickt um sich und murmelt: „Oh Gott!"

Nick kriecht an ihre Seite. Britt dreht sich zu Julian und legt eine Hand auf seinen Rücken.

In dem Augenblick sagt Hannah erstaunt und ziemlich laut: „Ist ja Wahnsinn! Es gibt Frühstück!"

Philipp lacht. „Tja, Leute, der Tisch ist gedeckt!"

Britt geht hin und murmelt noch ziemlich verschlafen: „Alles da, Käse, Brot …“

„… und was zu trinken!“, staunt Julian. Dann stutzt er, dreht sich zu Philipp und fragt: „Woher hast du das?“

Philipp grinst, tut ganz unschuldig und meint locker: „Ich war drüben im Laden.“

Jetzt stehen sie alle um den Tisch. Britt sieht auf die Uhr und sagt: „Der Laden ist doch noch geschlossen.“

Philipp erzählt, dass der Alte seinen Hund sehr früh ausgeführt hat. „Na ja … und da hab ich die Sachen geholt.“

Einen Augenblick lang sagt keiner etwas. Sie gucken zum Essen und dann zu Philipp. Der merkt, die anderen freuen sich gar nicht richtig. Das hat er sich wirklich anders vorgestellt. Er war sicher, sie finden das Frühstück toll. Das läuft ziemlich schief für ihn, spürt er. Genau dieses Gefühl hasst er und langsam wird er wütend.

Britt guckt Philipp an und bemerkt, wie er dasteht: die Fäuste geballt, das Kinn vorgeschoben. Er sieht aus wie ein Boxer. Stark wirkt er und drahtig. Er ist kleiner als Julian. Die beiden sind ein totales Kontrastprogramm: der schlaksige, große, schwarzhaarige Julian und der bullige Philipp mit seinen seltsamen mittelblonden sehr kurzen Stoppelhaaren. Seine Nase ist gebrochen. Er hat mal erzählt, dass ihm sein Vater diesen Schlag auf die Nase verpasst hat. Eigentlich sieht er fast … brutal aus.

„Aber der Laden war doch bestimmt abgeschlossen. Wie bist du reingekommen?“, fragt Nick erstaunt.

„Klar, war der abgeschlossen, du kleiner Klugscheißer", blafft Philipp. „Ich musste ein Fenster einschlagen und bin rein ..." Er will jetzt nichts mehr erklären und sagt: „Also, Leute ... Schluss mit dem Gerede. Es gibt Frühstück."

„Bist du eigentlich völlig bekloppt?", fragt Julian ihn trotzdem. „Der Ratke merkt das bestimmt und ruft die Polizei an."

Am liebsten würde Philipp losbrüllen. Er kann sich gerade noch beherrschen und erwidert möglichst lässig: „Ach was, der Alte hockt in seiner Wohnung, den Laden öffnet er erst später. Guckt doch rüber zum Haus. In der Wohnung brennt Licht, im Laden ist alles dunkel. Der hat nichts gemerkt, garantiert!"

„Meinst du?", fragt Hannah unsicher.

Nick nimmt ein Stück Käse und beißt rein.

„Ja, meine ich", sagt Philipp. „Bis der Alte das mitkriegt, sind wir längst über alle Berge. Los ... haut rein. Das Frühstück wird kalt." Philipp versucht über seinen Witz zu lachen. Aber das wirkt ziemlich kläglich und keiner lacht mit.

„Und wenn er's doch merkt?", fragt Hannah. Auch sie nimmt sich jetzt was zu essen, genau wie die anderen.

Philipp sagt: „Tja ... unsere zwei Kleinen haben wohl nur noch Schiss, die Windeln sind voll, was?" Zu Britt und Julian meint er: „Es wär wirklich besser gewesen, wir hätten die beiden zu Hause gelassen. Stimmt's?"

Darauf bekommt er keine Antwort. Nick und Hannah gucken ihn sauer an. Klein und dünn wirken sie neben Philipp. Obwohl sie für ihr Alter eigentlich nicht klein sind. Nick hat ein schmales ernstes Gesicht und sehr dunkle Augen. Er ist ein prima Schüler, ohne sich besonders anzustrengen. Auch Hannah ist eine gute Schülerin. Weil sie blass aussieht, erkennt man ein paar Sommersprossen in ihrem Gesicht. Nick hat dunkle längere Haare, Hannahs sind rotbraun und lockig.

Gereizt wiederholt Philipp, was er eben gesagt hat: „Es stimmt doch, dass die beiden Windelärsche besser zu Hause geblieben wären. Oder?"

„Dich hätten wir zu Hause lassen sollen!", meint Julian kühl und isst einen Bissen Brot.

Nun mischt sich Britt ein: „Philipp … es war blöd, drüben einzubrechen!"

„Du hast dem Alten ein Fenster kaputtgeschlagen und das Zeug geklaut. Das find ich fies!", schimpft Julian.

Inzwischen kann sich Philipp kaum noch beherrschen. Er ist stinksauer und schnauzt die anderen an: „Habt ihr ein Rad ab?" Am liebsten würde er alles vom Tisch fegen. Die behandeln ihn ja wie einen Aussätzigen. Um seine Wut zu kontrollieren, holt er tief Luft, dann sagt er möglichst ruhig: „Selbst wenn der Alte die kaputte Scheibe sieht, weiß er nicht, dass wir hier in der Scheune sind."

„Vielleicht hat er auch schon gesehen, dass wir das Scheunentor aufgebrochen haben", meint Hannah.

Verächtlich winkt Philipp ab. Er setzt sich an den Tisch. „Also … ich ess erst mal was."

„Nee, wir hauen ab!", fährt ihn Julian an.

Philipp zeigt ihm einen Vogel und greift nach der Saftflasche. Da packt ihn Julian von hinten und zieht ihn hoch.

Blitzschnell fährt Philipp herum, fegt Julians Hände beiseite und schreit ihn an: „Kommandierst du blöde Sau schon wieder rum?"

Julian springt zurück. Drohend und mit der Flasche in einer Hand geht Philipp auf ihn los.

Jetzt zischt Britt: „Ich glaub, da kommt ein Auto!"

Philipp und Julian erstarren fast in ihrer Bewegung. Wirklich, sie hören Motorengeräusche.

„Ob das die Polizei ist?", fragt Nick.

Julian rennt zum Scheunentor und guckt vorsichtig raus. Das Auto sieht er noch nicht, aber das Motorengeräusch wird lauter.

Schnell greift sich Philipp was vom Frühstück, auch die anderen nehmen etwas. Die Eisenstange darf er nicht vergessen.

Nun sehen sie alle aus dem Scheunentor. In dem Moment kommt der Polizeiwagen. Er fährt auf Ratkes Haus zu. Vor der Haustür stoppt er. Die wird geöffnet, der Alte kommt raus und zeigt zur Scheune. Sofort fährt der Wagen weiter. Höchstens zweihundert Meter ist er noch entfernt.

„Weg hier!", brüllt Philipp und rennt los, die anderen schnell hinter ihm her.

Sie laufen nach rechts, das kurze Stück zum Wald, der Wagen kommt von links. Als die fünf die ersten Bäume erreichen, hören sie hinter sich lautes Motorengeräusch.

14.

Der Polizist drückt das Gaspedal durch und der Wagen schießt über den holprigen Platz. Krampfhaft hält sich die Kommissarin am Türgriff fest.

Plötzlich ruft sie: „Da kommt einer aus der Scheune!"

Auch ihr Kollege sieht jemanden wegrennen und hinter dem rennen noch einige her. Es sind Jugendliche, die offenbar in den Wald laufen wollen.

„Schneid ihnen den Weg ab!", übertönt die Kommissarin den Motor.

Der Polizist reißt den Wagen in eine enge Linkskurve und einen Augenblick glaubt er, das Auto kippt um. Doch dann rattert es mit hoher Geschwindigkeit das letzte Stück über die Holperpiste.

Sie schaffen es nicht mehr, den Flüchtigen den Weg abzuschneiden. Die sind schneller und rennen in den Wald. Einer springt über einen Busch, fällt fast hin, fängt sich wieder und rennt weiter.

Der Polizist tritt voll auf die Bremse. Es quietscht mächtig. Gleichzeitig greift er rechts rüber, um seine Kollegin festzuhalten, damit die nicht zu stark nach vorne geworfen wird.

Der Wagen steht. Hastig öffnen sie die Gurte, stoßen die Tür auf und springen raus. Im Wald, vielleicht fünfzig Meter entfernt, sehen sie jemanden rennen. So schnell sie können, laufen die Polizisten hinter ihm her. Sie spurten, der Abstand wird kleiner. Schneller! Sie wollen wenigstens den einen fassen!

Plötzlich ist er verschwunden. Wie vom Erdboden verschluckt. Die Polizisten laufen noch ein Stück, aber nun schon langsamer, schließlich bleiben sie stehen.

Zwischen den Büschen und Bäumen sehen sie niemanden mehr. Sie horchen, denn da knackt irgendwas. Die Kommissarin zeigt in die Richtung. Sie will schon wieder loslaufen, winkt dann aber ab. Beide wissen, die Verfolgung hat keinen Zweck mehr.

„Die sind weg!“, keucht die Kommissarin.

Ihr Kollege nickt und sagt atemlos: „Hier ist der Wald so dicht, die könnten glatt hinter einem Gebüsch lauern und uns beobachten, ohne dass wir sie sehen.“

„Wie viele Leute waren das eigentlich?“, fragt die Kommissarin, als sie zur Scheune zurückgehen.

„Ich hab drei gesehen oder vier.“

„Würde ich auch sagen“, meint sie, „vom Wagen aus konnte ich es allerdings nicht so genau erkennen. Und vielleicht sind ein oder zwei von ihnen ja auch schon vorher im Wald verschwunden.“

Dem Polizisten fällt ein: „Oder die haben sich nicht aus der Scheune getraut und verstecken sich immer noch da drinnen.“

„Verdammt … könnte sein!“, meint sie.

Wieder rennen sie los, dieses Mal zur Scheune. Als sie aus dem Wald kommen, sehen sie Herrn Ratke mit seinem Hund. Auch die sind zur Scheune unterwegs.

Der Polizist ruft warnend: „Gehen Sie nicht rein! Bleiben Sie stehen!"

Der Hund bellt und Herr Ratke muss ihn beruhigen.

Jetzt fragt die Kommissarin: „Ist da noch einer aus der Scheune gelaufen, nachdem wir vorbeigefahren sind?"

Herr Ratke schüttelt den Kopf.

Die Kommissarin zieht ihre Pistole, ihr Kollege lässt seine stecken. Beide nähern sich vorsichtig dem halb offenen Scheunentor. Sie bleibt rechts davor stehen, er links.

Sehr laut und deutlich ruft sie: „Hier ist die Polizei! Gebt auf und kommt raus!"

Drinnen rührt sich nichts. Sie ruft noch einmal. Das gleiche Ergebnis.

Langsam betreten die Polizisten nun die Scheune. Als sich ihre Augen ans Dämmerlicht gewöhnt haben, sehen sie neben dem Eingang einen Stuhl, davor liegt eine Taschenlampe.

Der Polizist hebt sie auf. „Die lassen ständig was liegen. Am Feuer war's ein Benzinkanister, hier ist es die Taschenlampe."

Dann entdecken sie den Tisch mit den Lebensmitteln. Die Kommissarin meint: „Wir haben sie wohl beim Frühstück gestört."

Inzwischen sind auch Herr Ratke und sein Hund in der Scheune angekommen.

Der Mann erzählt, dass er das Tor mit einem Brett zugenagelt hatte. „Das ist weggebrochen worden." Jetzt zeigt er auf den Tisch und sagt: „Das Essen und den Saft haben sie aus meinem Laden gestohlen."

Die Polizisten berichten ihm, was gestern beim Osterfeuer passiert ist und warum die fünf sich hier versteckt hielten.

Der alte Mann schimpft über die Zündelei an den Osterfeuern: „Gefährlich und blöd find ich das. So was musste ja mal passieren."

„Aber früher haben Sie doch sicher auch mitgemacht, oder?", fragt der Polizist vorsichtig.

„Ja, schon …", antwortet Herr Ratke zögernd. „Aber damit muss endlich mal Schluss sein!", regt er sich auf.

Sie sehen sich weiter im Raum um. „Da hinten im Heu haben sie wahrscheinlich geschlafen", vermutet die Kommissarin.

„Wenn das stimmt, können sie nichts mit dem Wagen zu tun haben, der heute Nacht gestohlen wurde", meint der Polizist.

Seine Kollegin nickt und sagt trocken: „Vielleicht klauen sie dann heute einen, damit sie schneller wegkommen."

Im Laden sehen sie sich später die beschädigte Kasse an.

Erleichtert stellt Herr Ratke fest: „Aufgekriegt haben sie die zum Glück nicht."

„Es reicht aber auch so, was bei Ihnen angerichtet wurde", meint die Kommissarin. „Das kaputte Fenster, die Kasse muss repariert werden, die gestohlenen Lebensmittel."

Der alte Mann seufzt. „Das wär nicht das Schlimmste.“ Er überlegt und spricht dann weiter: „Ich hatte hier noch nie das Gefühl, es könnte eingebrochen werden oder dass ich irgendwie in Gefahr wäre. Also … ich hab mich wirklich sicher gefühlt, und ich fürchte, dieses gute Gefühl ist nun weg. Das ist für mich wohl das Schlimmste an der ganzen Sache.“

Traurig steht Herr Ratke da. Der Polizist fasst ihn um die Schulter, denn ihm fällt kein tröstender Satz ein. Schließlich beruhigt sich der alte Mann und die Polizisten lassen sich berichten, was er vom Haus aus gesehen hat.

Dann sagt die Kommissarin: „Wir müssen los. Was machen Sie jetzt?“

„Ich bleib hier“, antwortet Herr Ratke. „Werd mich um ein neues Fenster kümmern und den Laden öffnen. Bald kommen die ersten Kunden.“

Als sie sich verabschieden, sagt der Polizist: „Den ganzen Papierkram … also, die Anzeige, die Aufstellung, was zerstört, beschädigt und was gestohlen wurde … den erledigen wir später.“

Herr Ratke nickt.

Während der Rückfahrt überlegen die Polizisten, was die fünf Bechtshausener jetzt vorhaben könnten.

Die Kommissarin vermutet: „Wir haben sie beim Frühstück gestört und die haben nichts oder nur wenig davon mitgenommen. Sie werden sich also was zu essen und zu trinken beschaffen. Meinst du, sie tun das hier irgendwo?“

„Kaum. Vermutlich versuchen sie‘s in einem Ort, in dem man sie nicht kennt.“

„Wie kommen sie da hin?“

„Zu Fuß oder mit Fahrrädern, die sie stehlen müssten, vielleicht mit einem gestohlenen Wagen, falls einer von ihnen fahren kann. Auch mit dem Bus oder mit dem Zug wär's möglich“, zählt der Polizist auf. „Zur Vorsicht sollten wir nachher trotzdem ein paar denkbare Verstecke im Ort abklappern. Obwohl ich nicht glaube, dass sie einfach hier in der Nähe bleiben. Die haben zu viel Angst vor den Eggersbergern ...“

„... und vor uns“, unterbricht ihn die Kommissarin. „Obwohl ...“, sie grinst zu ihm rüber, „muss man vor uns Angst haben?“

„Na klar“, antwortet er grimmig.

Sie will nun wissen: „Wo stecken die Eggersberger denn gewöhnlich um diese Zeit?“

„Einige gehen zur Schule. Die fallen also als Verfolger bis heute Mittag weg, wenn sie nicht schwänzen. Andere arbeiten. Die fallen bis zum Nachmittag aus, wenn sie ihre Arbeit heute nicht sausen lassen. Dann gibt's noch den Eike, der ist arbeitslos wie sein Vater. Und die beiden sind eigentlich die Schlimmsten. Ich hab gestern schon versucht mit ihnen zu reden, damit sie die Bechtshausener in Ruhe lassen. Aber die sind stur.“

„Wir sollten das mit dem Reden noch mal versuchen. Vielleicht können wir zu zweit was ausrichten.“

„Probieren wir's“, meint der Polizist, aber er klingt dabei gar nicht überzeugt.

15.

Die fünf liegen hinter dichten Büschen. Durch die Blätter und Zweige erkennen sie den Polizisten aus Eggersberg. Neben ihm steht eine Frau, die keine Uniform trägt. Dass sie seine Kollegin ist, verrät die Pistole im Halfter an ihrem Gürtel.

Eben sieht der Polizist zu den Büschen vor sich, also genau zum Versteck der fünf. Einen Moment spürt Britt seine Augen auf sich, dann huscht der Blick weiter. Plötzlich zeigt die Frau in die Richtung der Büsche.

Vor Schreck bleibt den fünfen die Luft weg, weil sie meinen, die Frau hätte sie entdeckt. Doch jetzt sehen die Polizisten schon in eine andere Richtung.

Julian spürt ein Kribbeln. Der Waldboden unter ihm ist voller Ameisen. Igitt! Er liegt wohl mitten in einem Haufen. Der Gedanke macht ihn verrückt. Er muss weg hier. Vorsichtig rückt er etwas beiseite und guckt zu den Polizisten. Die bemerken seine Bewegungen zum Glück nicht. Dann guckt er zu den anderen neben sich, die regungslos auf dem Boden liegen.

Halt! Was ist das? Julian sieht, wie Nick Hannah etwas zuflüstert. Sie versteht das wohl nicht und zuckt mit den Schultern. Nun deutet Nick auf Hannah, dann auf sich und danach zu den Polizisten. Es ist nur eine kurze Geste. Und da bemerkt Julian, dass auch Philipp die beiden beobachtet.

Julian überlegt: Bedeutet die Geste, Nick und Hannah wollen aufgeben und abhauen? Ja, so wird's sein. Jeden Augenblick erwartet er jetzt, dass die beiden zu den Polizisten rennen. Dann müssten auch Britt, Philipp und er abhauen, allerdings in die andere Richtung. Noch mal sieht er zu Hannah und Nick, die sich inzwischen aber nicht mehr rühren.

Die Polizisten besprechen etwas. Im nächsten Moment drehen sie sich um und verschwinden. Kurze Zeit hören die fünf noch das Knacken und Rascheln der Schritte auf dem Waldboden, danach ist es still bis auf das Zwitschern der Vögel.

Ob die Polizisten zurückkommen? Einige Minuten bleiben die fünf liegen, dann stehen sie auf.

Julian klopft die Ameisen aus seinen Klamotten, Britt hilft ihm dabei und sagt: „Beinahe hätten sie uns erwischt."

„Aber nur beinahe", meint Philipp. „Er war der Bulle aus Eggersberg, die Frau kenn ich nicht. Bestimmt kommt sie von der Kripo", sagt er fast stolz. „Mensch, jetzt ist schon die Kripo hinter uns her."

„Ob die auf uns schießen würden?", fragt Hannah plötzlich.

„Natürlich nicht, wenn wir ihnen nichts tun", antwortet Philipp und schwenkt seine Eisenstange auffallend hin und her. „Aber wenn's richtig ernst wird, schießen sie. Dafür haben sie die Knarren ja", sagt er und denkt an die Pistole, die er besorgen will.

Jetzt fällt ihnen auf, sie haben die Knüppel in der Scheune vergessen. Also müssen sie sich neue suchen.

Die fünf gehen tiefer in den Wald. Am Tag kennen sie sich hier ganz gut aus.

Julian überlegt, was er tun würde, falls Hannah und Nick abhauen. Nichts mache ich, denkt er. Die haben Recht, wenn sie verschwinden und sich von der Polizei festnehmen lassen. Dann werden sie wenigstens nicht von den Eggersbergern erwischt. Und die Polizei lässt Hannah und Nick schnell wieder laufen, weil sie noch keine vierzehn sind. Für uns andere wird's schwieriger.

Auch Philipp überlegt, was er tun würde, wenn die Kleinen verduften. Innerlich schimpft er vor sich hin: Diese Feiglinge lassen uns garantiert im Stich, hauen einfach ab. Der Polizei erzählen sie bestimmt, sie haben mit dem Brand nichts zu tun. Die Älteren waren's und sie sind nur dabei gewesen. Philipp wird immer wütender und er nimmt sich vor: Die lass ich nicht weg!

Die anderen haben inzwischen wieder Stöcke gefunden. Sie sind auf einem schmalen Waldweg.

Philipp geht neben Hannah und Nick. An einer kleinen Lichtung bleibt er stehen und fragt: „Ob der Polizist uns erkannt hat, als wir aus der Scheune gerannt sind?"

„Keine Ahnung", antwortet Britt. „Aber eins ist klar: Die wissen längst, wen sie suchen müssen."

Julian holt aus der Tasche, was er vom Frühstück mitgenommen hat. Auch die anderen tun das. Leider sind das für jeden nur ein paar Bissen, denn sie mussten ja schnell verschwinden.

Philipp hält eine Flasche Saft in der Hand und öffnet sie mit dem Stechbeitel. Dann trinkt er gierig und in großen Schlucken, hört gar nicht auf.

Schließlich stößt Julian ihn an, dass ihm der Saft aus dem Mund läuft. „He … wir sind zu fünft … und wir haben alle Durst!"

Philipp setzt die Flasche ab und guckt die anderen erstaunt an. „Das ist meine Flasche, die hab ich mitgenommen." Jetzt zuckt er mit den Schultern und gibt die Flasche an Britt weiter.

Julian murmelt: „Weißt du, Philipp … du bist das Letzte."

„Ich?", fragt Philipp und schimpft los: „Ist schon irgendwie seltsam … Erst mal hackt ihr alle auf mir rum, weil ich Frühstück für uns geholt hab …"

„Weil du's beim alten Ratke geklaut hast", unterbricht ihn Britt, „und weil du ihm die Scheibe eingeschlagen hast."

Philipp guckt unsicher, denn mit Britt will er ja auskommen. Trotzdem sagt er dann heftig: „Ich find's saublöd, dass ihr meckert, weil ich das Zeug besorgt hab. Aber dann esst ihr's und beschwert euch, dass ihr nicht genug Saft kriegt." Wütend steht er da.

Jetzt hat Britt einen Schluck Saft getrunken und gibt die Flasche an Julian weiter. Aber Philipp reißt sie ihm aus der Hand, denn Julian soll nichts davon kriegen. Dabei fällt die Flasche auf den Boden. Der Saft läuft aus und Philipp kickt die Flasche in die Büsche.

Julian und Philipp stehen sich gegenüber, beide kurz vor dem Explodieren.

Britt verlangt: „Hört auf!“ Dann zeigt sie zu Philipps Hand und sagt: „Du blutest ja.“

„Nicht so schlimm“, meint der.

Langsam beruhigen sich die beiden, trotzdem sagt Julian noch: „Eins ist klar, mit deinem Einbruch hast du uns vorhin die Polizei auf den Hals gehetzt!“

„Quatsch! Der Alte hatte bestimmt noch nicht gemerkt, dass die Scheibe kaputt ist und ich im Laden war.“

„Du meinst wohl, die Polizei ist nur so aus Spaß mal vorbeigekommen?“, mischt sich Nick ein.

„Weiß ich doch nicht, du Blödmann!“, schimpft Philipp. „Ich find's zum Kotzen, dass ich immer an allem Schuld haben soll. Das kenn ich, das ist genauso wie zu Hause.“

„Wenn du so viel Mist baust, musst du dich darüber nicht wundern“, meint Julian.

Die beiden haben wohl endlich genug Dampf abgelassen. Jedenfalls sitzen sie jetzt alle einigermaßen friedlich am Rand der Lichtung und essen die Reste. Satt wird davon keiner und durstig sind sie alle bis auf Philipp, der die halbe Flasche Saft getrunken hat.

Die Sonne scheint zwischen den Bäumen durch und es wird wärmer. Britt zieht den Reißverschluss ihrer Jacke auf.

Bevor sie weitergehen, fällt ihnen ein, sie brauchen unbedingt eine Zeitung. Darin wird stehen, ob Fabian noch lebt. Aber woher kriegen sie die? Sie können sich ja nicht in ihrem Ort sehen lassen und einfach eine kaufen.

Nick meint: „Vielleicht steckt irgendwo noch 'ne Zeitung im Briefkasten."

„Und die nehmen wir uns", sagt Hannah.

Sie wollen in Bechtshausen nach einem Briefkasten mit Zeitung suchen. Denn bevor sie in einen Nachbarort kommen, sind die Zeitungen dort bestimmt alle aus den Briefkästen genommen worden. Gegenüber vom Waldrand gibt's in ihrem Dorf eine Straße, die sie unbemerkt erreichen könnten. In die Straße muss Philipp sowieso, denn das Haus seines Onkels steht da und von dort will er ja die Pistole holen.

Sie haben wieder ein Ziel und gehen los. Weil sie nicht entdeckt werden möchten, bleiben sie ein Stück vom Waldrand entfernt und benutzen keine Wege. Hannah fällt auf, wie grün die Blätter der Buchen in den letzten Tagen geworden sind. Es ist ein helles, leichtes Grün, durch das die Sonne strahlt.

Julian und Britt gehen voran. Philipp bleibt möglichst nah bei Hannah und Nick. Er will ja verhindern, dass sie abhauen. Es würde ihn überhaupt nicht wundern, wenn sie in der Nähe des Ortes plötzlich losliefen. Ab nach Hause. Aber die lass ich nicht weg, nimmt er sich noch einmal vor. Philipp ist ziemlich sicher, dass auch Julian die Kleinen beobachtet, weil er sich immer wieder zu ihnen umdreht.

Plötzlich hat Philipp eine Idee, was er tun könnte, damit die beiden nicht verschwinden und sie im Stich lassen. Begeistert kichert er und schlägt mit der Eisenstange gegen einen Baum, dann verlangt er möglichst harmlos: „Bleibt mal stehen!"

Überrascht halten alle an.

Philipp sagt grinsend: „Unsere lieben Kleinen", er zeigt auf Hannah und Nick, „haben bisher gar nicht versucht abzuhauen." Jetzt wendet er sich an die beiden: „Aber als wir vorhin hinter den Büschen lagen und uns die Polizei beinah erwischt hätte, da wolltet ihr verschwinden. Stimmt's!?"

Bevor Hannah und Nick einen Ton rausbringen, schimpft Britt: „Fängst du schon wieder damit an? Das nervt!"

„Hör doch erst mal zu!", sagt Philipp. „Also … ich hab genau gesehen, dass sie zu den Bullen laufen wollten."

Julian meint: „Kann schon sein, aber eigentlich …"

„Na bitte! Er hat's auch gesehen", unterbricht Philipp ihn. „Hannah und Nick denken nämlich, die Polizei tut ihnen nichts, weil sie noch keine vierzehn sind … Ist doch so!" Er sieht die beiden herausfordernd an. Die haben keine Chance zu antworten, denn Philipp redet weiter: „Den Polizisten erzählt ihr garantiert … die bösen Großen … die waren's."

Völlig verdattert sehen ihn Nick und Hannah an.

Jetzt fragt Philipp: „Wie wär's, wenn wir drei Großen erzählen, die Kleinen waren's? Wir, die Großen, waren nur dabei, als sie den Holzhaufen angezündet haben. Wir wollten das sogar verhindern. Tja … da stehen dann drei Aussagen gegen zwei. Klasse Idee, was!? Die Polizei lässt euch ja trotzdem laufen, weil ihr so jung seid. Dann habt ihr allerdings die Eggersberger auf dem Hals. Denn die werden schnell erfahren, dass ihr's wart.

Und was die mit euch machen, könnt ihr euch ja vorstellen." Nach einer kurzen Pause fragt Philipp spöttisch: „Na, haben unsere lieben Kleinen immer noch Lust zur Polizei zu laufen?"

„Du drehst wohl völlig durch?!", schnauzt Britt ihn an. „Gestern haben wir gesagt, wir waren's alle. Und das stimmt ja auch."

„Mensch, kapier das doch!", redet Philipp auf Britt ein. „Dem Nick und der Hannah kann die Polizei nichts tun. Uns kriegen sie dran. Außerdem sind Hannahs und Nicks Eltern nicht so bescheuert wie meine, jedenfalls machen die keinen solchen Terror. Natürlich haben die Kleinen dann Zoff mit den Eggersbergern. Aber das kann uns doch egal sein."

Philipp ist sicher, Britt und Julian werden ihm zustimmen. Denn er denkt: Die wollen auch aus dem Schlamassel raus. Aber es läuft ganz anders. Das sieht er Britt und Julian an, die betrachten ihn nämlich wie einen unappetitlichen Wurm.

Nun baut sich auch noch Hannah vor ihm auf und giftet ihn an: „Ich weiß, wer hier am meisten Schiss hat. Das bist du! Vor lauter Schiss lügst du irgendeinen Mist zusammen …"

Sie holt Luft, um weiterzureden, aber das besorgt Britt: „… und willst die Schuld plötzlich auf die beiden schieben. Das ist 'ne Sauerei!"

„Hör zu!", verlangt Philipp fast flehentlich. Er möchte Britt und Julian immer noch auf seine Seite ziehen und sagt: „Britt … du hast am Holzstapel links neben mir gestanden. Stimmt's?"

„Kann sein." Britt zuckt mit den Schultern.

„Julian stand links von Britt", sagt Philipp. „Die Kleinen standen rechts, ein Stück von mir entfernt. Und wo lag das trockene Holz?"

Alle starren ihn an, keiner sagt was, also redet Philipp: „Das trockene Holz lag rechts von mir, genau vor Hannah und Nick. Und die haben da auch die Streichhölzer reingeschmissen."

Je entsetzter die anderen ihn angucken, desto schneller redet Philipp: „Wo stand Fabians Hütte im Holzstapel? Woher kamen die Schreie? Jedenfalls nicht aus der Richtung, wo Britt, Julian und ich waren, sondern von da, wo das trockene Holz lag. Und da standen Hannah und Nick. Ich hab noch zu ihnen gesagt: ‚Wir zünden den Haufen nicht an. Wir jagen den Eggersbergern nur einen Schrecken ein.' Aber die Kleinen wollten unbedingt, dass der Stapel brennt. Und jetzt möchten sie abhauen und die Schuld auf uns schieben!", empört sich Philipp und klingt, als würde er wirklich glauben, was er erzählt.

Angewidert schüttelt Julian den Kopf und sagt zu Philipp: „Kann schon sein, dass sie abhauen wollen. Na … und wenn? Es wird ihnen ja wirklich nicht viel passieren, jedenfalls nicht durch die Polizei. Aber weißt du …", Julian sucht nach passenden Worten, „du bist ein fieses Miststück. Ich hab wirklich nicht gedacht, dass sich jemand so saumäßig benehmen könnte. Natürlich bleibt's dabei: Wir waren's alle! Und wenn das erst mal vorbei ist, dann will ich mit dir …“ Julian redet nicht zu Ende, macht nur eine wegwerfende Geste.

„Ist aber noch nicht vorbei!“, sagt Philipp laut und aufgeregt. Jetzt entfernt er sich ein paar Schritte von den anderen. Auch Britt hält nicht zu ihm, das spürt er. Die findet richtig, was Julian sagt.

Nick hat die ganze Zeit nachgedacht, nun meint er: „Hannah und ich haben am Osterfeuer gar nicht rechts von dir gestanden, Philipp. Du bist direkt zum trockenen Holz gerannt …“

„Also so ist das!“ Drohend geht Philipp mit seiner Eisenstange auf Nick zu, aber der weicht keinen Schritt zurück. Philipp zischt ihn an: „Ich soll's alleine gewesen sein, ja?“

„Nee, das hab ich nicht gesagt.“

Hannah ergänzt: „Aber wir wissen alle, Philipp hat den Benzinkanister mitgehabt und das Benzin ins trockene Holz gegossen.“ Dann fragt sie: „Wo ist der Kanister überhaupt?“

„Den haben wir am Feuer liegen lassen“, antwortet Philipp.

„Nicht wir. Du hast ihn vergessen“, korrigiert Julian kühl. „Und übrigens … die Polizei findet auf dem Kanister nur deine Fingerabdrücke, nur du hast ihn nämlich angefasst.“

„Verdammt! Wir waren's alle!“, regt sich Britt auf. „Darüber müssen wir doch wirklich nicht mehr reden.“

Philipp sticht mit der Eisenstange im Boden herum. Er sieht niemanden an und sagt trotzig: „Mich dürfen sie jedenfalls nicht erwischen, lieber gehe ich zur Fremdenlegion.“

„Da musst du aber weit gehen“, meint Julian.

Philipp ist bei den anderen völlig unten durch, jedenfalls erst mal. Das hat er kapiert. Wie komm ich da raus?, überlegt er. Als Rettung fällt ihm wieder die Pistole ein. Jetzt meckern sie alle über mich. Aber wenn die Eggersberger vor uns stehen und sie können uns nichts tun, weil ich die Knarre raushole, werden sie mich toll finden.

Er versucht zu lächeln, guckt die anderen an und sagt etwas lahm: „Also … das mit Hannah und Nick … dass wir sagen, sie waren's alleine … das hab ich natürlich nicht so gemeint. Ich wollte unsere Kleinen nur warnen, damit sie nicht abhauen und die Schuld auf uns schieben. Wir könnten das nämlich auch umdrehen.“

„Hör auf!“, bittet Britt. „Jetzt holen wir die Zeitung, damit wir endlich erfahren, wie es Fabian geht. Das ist viel wichtiger als dieses Gelabere.“

Philipp brummt etwas Zustimmendes, die anderen nicken. Dann gehen sie weiter. Inzwischen sind sie ganz in der Nähe von Bechtshausen.

Plötzlich fällt Philipp ein: Mensch, ich hab ja nicht nur den Kanister vergessen, auch die Taschenlampe ist weg. Die liegt noch in der Scheune. Nicht so schlimm, beruhigt er sich, ich besorg mir bei meinem Onkel eine andere.

Zwischen den Bäumen sehen sie die ersten Häuser, Buchenweg heißt die Straße. Am Waldrand bleiben sie stehen. Und sie hoffen, dass sie in einem der Briefkästen da vorne eine Zeitung finden.

16.

Die Polizisten fahren durch Bechtshausen. Sie wollen wissen, ob Eike und seine Leute unterwegs sind, um die fünf abzufangen. Aber die Eggersberger Schlägertruppe taucht nirgends auf.

„Jetzt fahren wir mal zum Haus, in dem Eike und sein Vater wohnen", sagt der Polizist. „Vielleicht sind sie da."

Auf dem Weg nach Eggersberg kommen sie am Neubaugebiet vorbei. Sie halten an, denn in den leeren Häusern könnten sich die Bechtshausener versteckt haben, nachdem sie aus der Scheune weggelaufen sind.

Die Polizisten fragen einen Bauarbeiter, ob ihm etwas aufgefallen ist.

Der meint, in den vorderen Häusern verstecke sich bestimmt niemand. „Das hätten wir gemerkt. Schließlich wird hier seit kurz nach sieben gearbeitet. Aber weiter hinten …", er zeigt zu den letzten Häusern, „da wird zurzeit nicht gearbeitet. Vielleicht ist dort jemand."

Beim Durchsuchen der Baustellen finden die Polizisten in einem Keller leere Cola- und Bierdosen. Sonst nichts.

Die Kommissarin meint: „Bestimmt verstecken sich die fünf inzwischen in einem Nachbarort. Hier ist es ihnen zu gefährlich."

„Hast wahrscheinlich Recht", sagt ihr Kollege, „in Bechtshausen sucht sie ja jeder."

Als sie wieder ins Auto steigen, merken sie, wie viel Baustellendreck an ihren Schuhen klebt.

„Kommt nicht drauf an", meint der Polizist, „ich muss den Wagen sowieso bald mal aussaugen."

Am Ortsende fahren sie auf einer Straße am Waldrand entlang.

Der Polizist erklärt: „Der Wald hier zieht sich vom Kanal bis zu uns nach Eggersberg. Durch den sind die fünf letzte Nacht wahrscheinlich zur Scheune gegangen."

Buchenweg liest die Kommissarin auf einem Schild. „Eine ruhige Gegend", sagt sie. „Man sieht niemanden."

Kaum hat sie das gesagt, geht ein Mädchen über die Straße auf eines der Häuser zu. Sie geht schnell, rennt fast. Die Polizisten fahren an ihr vorbei. Jetzt stoppt das Mädchen, bückt sich und bindet ihren Schnürsenkel. Irgendetwas daran kommt dem Polizisten merkwürdig vor. Er fährt langsamer und sieht in den Rückspiegel. Aber das Mädchen ist schon in einem der schmalen Vorgärten verschwunden.

Sie fahren weiter Richtung Eggersberg. Das Gefühl, dass da eben was nicht gestimmt hat, wird der Polizist nicht los. Allerdings fällt ihm nicht ein, was ihn irritiert.

Und er vergisst das Ganze, als er in die Straße einbiegt, in der Eike und sein Vater wohnen. Denn vor deren kleinem Siedlungshaus stehen vier Mopeds.

„Oh", staunt der Polizist, „hier gibt's 'ne Versammlung!"

„Wunderbar", meint seine Kollegin, „gute Polizisten kommen immer zur richtigen Zeit."

Den Wagen parken sie vor dem Haus. Dann gehen die beiden an den Mopeds vorbei, die am Gartenzaun lehnen, *Grothe* steht auf dem Namensschild.

Die Kommissarin klingelt. Im Haus hören sie Schritte. Gleich darauf steht Herr Grothe, Eikes Vater, dick und groß vor ihnen. Er trägt einen schlabberigen Trainingsanzug. Sein Gesicht ist rot und aufgedunsen. Und er hat eine üble Mischung aus Zigarettengeruch und Bierfahne mit an die Tür gebracht. Einen Moment sieht der Mann die Polizisten verblüfft an.

Er will gerade etwas sagen, da fragt die Kommissarin: „Sind Sie Herr Grothe?"

„Klar." Er wendet sich an ihren Kollegen und fragt: „Wen hast du da Schönes mitgebracht?"

„Mein Name ist Struck, ich bin Kommissarin bei der Kriminalpolizei", stellt sie sich vor.

„Oh, ihr kommt zu zweit. Na, Robert … schaffst wohl deine Arbeit nicht mehr alleine?", witzelt Herr Grothe. „Aber das wussten wir ja."

„Die Kollegin von der Kripo ist gekommen, weil Fabian schwer verletzt ist."

„Wie schwer denn?", fragt Herr Grothe, der ihnen immer noch den Eingang versperrt. Der Polizist zuckt mit den Schultern und der dicke Mann vor ihm sagt: „Beim Bäcker hab ich gehört, Fabian ist gestorben."

„Der Arzt hat heute Morgen etwas anderes erzählt", schaltet sich die Kommissarin ein. Sie geht ein Stück auf den Mann zu, guckt ihm in die Augen. Dabei muss sie hochsehen und sie sagt: „Wir klären übrigens nicht nur diesen Fall auf …"

„Ihr klärt ihn auf!", spottet der Mann. „Sehr interessant."

Die Kommissarin lässt sich nicht aus der Ruhe bringen. Sie lächelt ihn an und sagt: „Das tun wir." Dann hört sie auf zu lächeln. „Aber wir haben noch etwas und das müssen wir mit Ihnen besprechen: Ihr Sohn und seine Freunde haben darüber geredet, dass sie die Täter jagen und zusammenschlagen wollen. Wenn nicht Schlimmeres. Und das alles vor Zeugen."

„Kann schon passieren!", regt sich Eikes Vater auf. „Falls die Polizei weiter nichts …"

Die Kommissarin unterbricht ihn: „Sie, Herr Grothe, haben die jungen Männer zur Gewalt aufgehetzt", sagt sie sehr laut und deutlich. „Auch dafür gibt's Zeugen. Und wir müssen verhindern, was Sie, Ihr Sohn und seine Freunde vorhaben."

Ganz so selbstsicher füllt Herr Grothe den Türrahmen nun nicht mehr aus. Er will gerade etwas antworten, als die Polizisten Eikes Stimme hören: „Wer ist denn da? Mach doch die Tür zu, es zieht."

Eikes Vater geht einige Schritte ins Haus, sagt etwas und schließt eine Tür. Wieder baut er sich vor den Polizisten auf. Dann poltert er los: „Wenn wir diese Saubande aus Bechtshausen erwischen … können die …"

„Du wirst ihnen nichts tun und die Jungs hier auch nicht!", verlangt der Polizist.

Herr Grothe schüttelt den Kopf. „Also … ich versteh nicht, warum ihr diese … Mörder schützt."

„Wir schützen sie nicht", antwortet der Polizist. „Wir wollen sie erwischen. Außerdem sind das keine Mörder, selbst wenn Fabian tot wäre. Zu einem Mord gehört, dass sie den Jungen vorsätzlich getötet haben. Verstehst du? Also mit Absicht."

„Und das war ja wohl nicht so", ergänzt die Kommissarin.

„Das ist eure Meinung. Wir haben 'ne andere."

„Das ist keine Meinung", antwortet die Kommissarin, „das ist Gesetz."

„Blödes Gequatsche. Wo stecken die Typen denn? Die gehören geschnappt und hart bestraft. Und weil das die Polizei nicht schafft, tun wir das!"

Jetzt steht Eike hinter seinem Vater. „Ach Gott!", sagt er, „unser Dorfsheriff, dieses Weichei!"

„Sie sind Eike Grothe?", fragt die Kommissarin.

Überrascht guckt der bullige Junge die Frau an. „Wer is'n das?", fragt er nölig.

„'ne Kommissarin von der Kripo", antwortet sein Vater.

Die Polizistin nickt. „Wir sind hier, damit Sie sich nicht strafbar machen und wir Sie alle festnehmen müssen."

Eikes Vater legt sofort los: „Eine Unverschämtheit …"

Aber die Kommissarin hebt beschwichtigend die Hände und spricht weiter: „Im Gegensatz zu den Tätern, die wir suchen, handeln Sie nämlich vorsätzlich, also absichtlich. Sie erzählen ja auch noch jedem, wie Sie die Bechtshausener fertig machen wollen. Dafür gibt's etliche Zeugen. Und durch Ihren Vorsatz … tja … werden Sie alle natürlich strenger bestraft, und zwar wesentlich strenger. Sollte also jemandem was passieren und Sie sind schuld daran, dann …"

„Ach, die Bullen wollen uns drohen und uns was anhängen!", brüllt Eike und starrt die Kommissarin böse an.

Nun sagt ihr Kollege: „Wir können gerne weiter miteinander reden, aber vielleicht nicht hier draußen."

Im Haus gegenüber wird eben ein Fenster geöffnet, eine ältere Frau sieht neugierig zu ihnen. Herr Grothe geht ein paar Schritte nach vorne und ruft der Frau zu: „Kümmern Sie sich um Ihren eigenen Mist!"

Im Augenblick steht nur noch Eike in der Tür und zu dem sagt die Kommissarin: „Wir möchten mit den Besitzern der Mopeds reden. Die sind doch bei Ihnen?" Bevor sie eine Antwort bekommt, geht sie auf Eike zu. Der weicht einen Schritt zurück und sie geht an ihm vorbei in den Hausflur, ihr Kollege hinter ihr her.

„Was soll denn das? Ihr habt nichts in meinem Haus zu suchen!", poltert Herr Grothe.

Aber die Polizisten sind schon am Ende des Flurs. Aus einem Zimmer hören sie Stimmen und die Kommissarin öffnet die Tür.

Als die beiden im Raum stehen, ist es einen Moment still, dann sagt der Polizist: „Guten Morgen."

„Ach, unser Dorfsheriff ist auch schon wach!", lästert Sven, Eikes bester Freund, von seinem Sessel aus.

Die Polizisten sehen sich in dem kleinen Zimmer um, das nach Zigarettenqualm und Bier stinkt. Das Sofa wird von drei anderen Eggersbergern besetzt. An der Wand lehnen Baseballschläger. Und zwischen Bierdosen und vollen Aschenbechern liegen zwei Schlagringe und drei lange Messer auf dem Tisch.

Herr Grothe drängt sich an den Polizisten vorbei. Dann bellt er mit rotem Gesicht los: „Ich hab euch hier nicht reingelassen! Also raus!"

„Wir gehen gleich", beruhigt ihn die Kommissarin, „aber erst einmal möchten wir mit den jungen Herren noch ein paar Takte reden."

„Die Kommissarin und der Dorfsheriff blasen sich auf und drohen uns! Die glauben, wir wollen den Bechtshausener Brandstiftern was tun", spottet Eike.

„Wir!? ... Nie!!", kommt von den Jungs auf dem Sofa, dabei lachen sie.

„Wenn das stimmt ... ist ja alles okay", meint die Kommissarin. Und einen Ton schärfer fügt sie hinzu: „Wenn nicht ... und wir erwischen Sie dabei, dass Sie den Tätern ..."

„Diesen Gangstern aus Bechtshausen!", brüllt einer.

„... was antun ... werden wir Sie festnehmen. Und ich kann Ihnen versprechen, wir setzen uns dafür ein, dass Sie bestraft werden! Ich habe keine

Lust mich zu wiederholen. Deswegen sollten Sie, Herr Grothe, Ihren Gästen nachher berichten, was wir Ihnen draußen klar gemacht haben."

Sven zieht an seiner Zigarette und motzt: „Ihr könnt uns gar nix! Wir sitzen hier friedlich zusammen. Da kommt ihr Bullen reingeplatzt und labert irgendwelchen Scheiß!"

Die anderen johlen, zwei greifen nach Bierdosen und trinken. Langsam wird der sonst geduldige Polizist wütend. Er staunt, dass seine Kollegin so ruhig bleibt.

Nun haut er auf den Tisch und sagt scharf: „Damit sich das Reinplatzen auch lohnt, nehmen wir die Waffen hier gleich mit."

Dazu nickt die Kommissarin. Schon sammeln sie die Baseballschläger und alles andere zusammen.

Der Polizist sagt: „Die Sachen sind beschlagnahmt!"

Das geht so schnell, dass die Eggersberger erstaunt zugucken und sich nicht rühren.

„Die Baseballschläger sind Spielgeräte!", ruft schließlich einer. „Und die Messer brauchen wir in der Küche!", kommt von Eike.

„Schluss mit dem Gequatsche!", regt sich der Polizist auf. „Noch was zur Warnung … wenn ihr bestraft werdet, habt ihr ziemliche Schwierigkeiten, zum Beispiel …"

„Womit denn?", fragt Eike laut.

„Vielleicht sucht jemand von euch eine Lehrstelle. Falls ihr vorbestraft seid, wird das schwierig", antwortet der Polizist.

Seine Kollegin sieht in die Runde und verabschiedet sich: „Schönen Vormittag noch."

Als sie rausgehen wollen, poltert Herr Grothe: „Die Sachen bleiben hier! Die gehören uns!" Er fasst nach einem Baseballschläger, den der Polizist unterm Arm trägt.

„Finger weg!", ruft die Kommissarin und alle sehen, dass sie zur Pistole greift.

Im Zimmer ist es plötzlich still.

Der Polizist dreht sich noch mal um, bevor er den Raum verlässt und sagt: „Ehe ich's vergesse … sollten wir einen von euch betrunken auf dem Moped erwischen, ist er die Fahrerlaubnis los."

Die Polizisten gehen, hinter sich hören sie Schimpfen und Fluchen. Während die beiden alles zum Wagen tragen, was sie beschlagnahmt haben, wird im Haus gegenüber das Fenster geschlossen.

Als sie im Auto sitzen, schüttelt sich die Kommissarin und sagt angeekelt: „Widerliche Typen!" Sie guckt ihren Kollegen an und fragt: „So was von verwahrlost, unzivilisiert und dumm … wer hat die nur erzogen?"

„Guck dir den Vater an, er ist einer der Erzieher."

„Eine Frau gibt's in dem Haus nicht?"

„Schon seit Jahren nicht mehr."

Die Kommissarin nickt. „Welche Frau möchte auch mit so einem Mann leben? Das hält keine aus."

Nun fährt der Polizist los. Dabei grinst er seine Kollegin plötzlich an und meint: „Mit den Baseballschlägern hast du ziemlich gefährlich ausgesehen."

„Du übrigens auch", kommt von ihr zurück.

„So völlig in Ordnung war es eigentlich nicht, dass wir ins Haus gegangen sind", meint er.

Die Kommissarin pustet Luft aus und zuckt mit den Schultern. „Stimmt schon", sagt sie, „die haben uns wirklich nicht gebeten reinzukommen. Aber weißt du, da braut sich was zusammen. Die haben einen Plan geschmiedet und die Tatwaffen lagen bereit. Also haben wir sie eingezogen und damit ist die Gefahr geringer. Und wir haben die Leute verwarnt. So ist mir wohler."

„Ich glaub nicht, dass die jetzt losziehen und die fünf jagen", überlegt der Polizist laut. „Sie brauchen neue Baseballschläger und all das Zeug. Außerdem warten sie bestimmt auf die anderen, die in der Schule oder bei der Arbeit sind."

„Dann geht die Jagd weiter", meint sie.

An der Polizeistation steigen die beiden aus dem Wagen. Die Kommissarin sagt: „Die fünf Bechtshausener werden jetzt unbedingt erfahren wollen, wie schwer Fabian verletzt ist."

Der Polizist nickt. In dem Augenblick fällt ihm das Mädchen wieder ein, das sie vorhin in Bechtshausen gesehen haben. Plötzlich weiß er nämlich, was ihm merkwürdig vorgekommen ist.

Er fragt: „Erinnerst du dich an das Mädchen im Buchenweg? Das so plötzlich über die Straße ging?"

„Ja, was ist mit dem?"

„Es war ungefähr elf, zwölf Jahre alt, stimmt's?"

„Ja."

„Dann gehört das Mädchen um die Zeit in die Schule. Das ist mir vorhin nicht eingefallen. Ich glaub, sie könnte die Jüngste von den fünfen sein …"

„… die Hannah? Vielleicht hast du Recht. Wir rufen ihre Eltern an, ob sich Hannah gemeldet hat."

„Machen wir", sagt er und überlegt, ob sie am besten sofort wieder durch Bechtshausen fahren sollten. Vielleicht sind die fünf ja doch noch im Ort.

17.

Die fünf laufen hinter den Bäumen am Waldrand entlang, in den Händen ihre Stöcke, Philipp trägt die Eisenstange. Sie suchen eine Stelle, von der aus sie die Häuser am Buchenweg gut sehen können und selbst nicht gesehen werden. Philipp zeigt nach vorne. Da stehen die Bäume dichter und am Radweg direkt vor dem Wald wachsen Büsche. Hinter denen verstecken sie sich nun.

Nach links können sie bis zu einer Kurve sehen, nach rechts zum Ende des Dorfes mit dem Ortsschild. Hier ist niemand unterwegs. Die Sonne scheint auf die kleinen Vorgärten und die Einfamilienhäuser. Die fünf starren rüber. In keinem der Briefkästen entdecken sie eine Zeitung. Allerdings sehen sie die Kästen auch nicht gut, weil die ziemlich weit entfernt sind.

Philipp guckt nach rechts zum Haus seines Onkels gleich hinterm Ortsschild, höchstens hundert Meter entfernt. Von dort wird er nachher die Pistole holen.

Jetzt sucht Julian mit dem Fernglas nach einer Zeitung. Am ersten Haus links sieht er einen Briefkasten ohne Zeitung. Im Briefkasten des zweiten Hauses … auch keine. Beim dritten wird der Briefkasten durch einen Busch verdeckt. Julian geht nach links, um den

Briefkasten trotzdem zu sehen. Aber bevor er etwas erkennt, hört er Britt: „Da kommt ein Auto!"

Sofort kauern sich die fünf hinter die Büsche. Ein Bo-Frost-Lieferwagen kommt die Straße runter. Der Fahrer hält vor einem Haus, steigt aus und klingelt. Niemand öffnet. Er fährt ein Stück weiter, dieses Mal hält er fast gegenüber von ihrem Versteck. Wieder bleibt die Tür zu. Beim nächsten Klingeln kommt eine Frau aus dem Haus und kauft etwas. Das dauert und dauert, jetzt reden die beiden auch noch miteinander. Vor Ungeduld stöhnt Philipp. Schließlich fährt der Mann weg.

Julian sieht wieder durchs Fernglas. Endlich … beim vierten Haus entdeckt er eine Zeitung, die ein kleines Stück aus dem Briefkasten ragt. „Da ist eine!", freut er sich.

„Ich geh rüber und hol sie", sagt Hannah. „Ich kenn in der Straße niemanden und mich kennt bestimmt auch keiner."

„Oh, die Kleine wird mutig", lästert Philipp. Misstrauisch sagt er dann: „Aber Nick bleibt hier, sonst sind sie plötzlich beide verschwunden."

Darauf reagiert keiner. Hannah gibt Nick ihren Stock und kriecht aus dem Gebüsch. Sie guckt, ob jemand kommt, aber die Straße bleibt leer.

Zum Haus sind es vielleicht noch fünfzig Meter. Als Hannah die Fahrbahn zur Hälfte überquert hat, fährt plötzlich ein Wagen um die Kurve.

„Ach du Scheiße", stöhnt Nick, „die Polizei!"

„Komm zurück!", ruft Philipp.

Doch das hört Hannah genauso wenig wie Britts

warnenden Pfiff. Dafür hört sie das Auto und sieht es nun auch.

Polizei!, schießt es Hannah durch den Kopf. Sie geht schnell weiter, rennt fast, aber nicht zu hektisch, damit sie nicht auffällt.

Hannah guckt weg vom Wagen, denn die Polizisten sollen ihr Gesicht nicht sehen. Jetzt fährt das Auto langsamer, ganz klar. Die beiden Polizisten haben wohl irgendwas bemerkt.

Und da erkennen die vier hinter den Büschen die Polizisten. Es sind die, die auch an der Scheune waren.

Der Wagen fährt nun auf Hannahs Höhe und der Mann am Steuer dreht sich zu ihr um. Aber in dem Moment bückt sie sich und tut so, als würde sie einen Schuh zubinden.

Eigentlich erwarten die vier, dass das Auto stehen bleibt und die Polizisten aussteigen. Stattdessen wird der Wagen plötzlich schneller, fährt Richtung Ortsausfahrt und ist verschwunden.

Erleichtert gucken sich die vier an und atmen tief aus. Hannah geht auf das Haus zu. Mit einem Schritt steigt sie über den niedrigen Zaun. Im Haus vor ihr bleibt es ruhig und Hannah rennt durch den Vorgarten zum Briefkasten. Schnell reißt sie die Zeitung raus.

Da bemerkt sie neben der Haustür, verdeckt von einer Mülltonne, zwei Tüten. Hannah öffnet die eine … Brötchen, drei Stück. Daneben steht eine Tüte Milch. Hier wird so was wohl noch an die Haustür gebracht.

Den Mann im Nachbarhaus, der ans Erdgeschossfenster kommt, sieht Hannah nicht. Aber Julian sieht ihn groß durchs Fernglas und die anderen bemerken ihn auch.

Hannah klemmt sich die Brötchentüte unter den Arm, nimmt die Milchtüte in die eine Hand, die Zeitung in die andere. Nun hält sie die hoch und wedelt damit, denn die vier sollen sehen, dass sie die Zeitung hat. In dem Moment pocht der Mann sehr laut gegen die Fensterscheibe.

Hannah zuckt zusammen und entdeckt den Mann. Er öffnet das Fenster. Sie sprintet los und hört seine empörte Stimme: „Leg die Sachen zurück! Sonst komm ich raus!"

So schnell sie kann, rennt Hannah ein Stück den Gehweg runter. Jetzt reißt der Mann die Haustür auf und verfolgt sie.

Nick will Hannah entgegenlaufen. Doch Julian hält ihn zurück. „Bleib hier!", zischt er. „Sonst sieht der uns noch!"

Auch Philipp will zu ihr, die Eisenstange fest umklammert, aber er bleibt nun ebenfalls stehen.

Hannah rennt auf dem Radweg und zu den Büschen. Da platzt die Brötchentüte und die Brötchen kullern über den Asphalt. Der Mann ruft irgendwas. Dann läuft er noch ein Stück, aber schon langsamer.

Zum Glück ist Hannah schlau genug und springt nicht gleich in die Büsche, sondern rennt am Versteck der vier vorbei. Ein Stück dahinter springt sie über einen Graben und verschwindet im Wald.

Der Mann steht auf dem Radweg und schimpft vor sich hin, nur ein paar Meter vom Versteck entfernt.

Dann hebt er die Brötchen auf und geht zurück zu seinem Haus.

Plötzlich hält er noch mal an und dreht sich um. Denn er meint, er hätte hinter den Büschen etwas gehört. Jetzt schüttelt er den Kopf und geht weiter. Gleich wird er die Polizei in Eggersberg anrufen und melden, was passiert ist.

Vor der Haustür fällt ihm ein, wie das Mädchen auf der Straße stand und die Zeitung hochhielt. Sie wedelte damit, als wollte sie die jemandem zeigen. Genau! Plötzlich weiß er, das Mädchen war nicht allein. Er guckt über die Schulter zurück, entdeckt aber niemanden. Sofort geht er ins Haus und schließt ab, zweimal. Er befürchtet, dass die wiederkommen könnten und mehr holen wollen. Der Mann sieht noch mal aus dem Fenster zum Wald. Da ist aber keiner. Nun geht er zum Telefon.

Hannah rennt zu den anderen, die zwischen den Bäumen warten. Sie strahlt, zeigt die Zeitung und die Milchtüte. „Die Brötchen liegen auf dem Radweg“, sagt sie.

„Nicht mehr“, meint Nick. „Der Mann hat sie mitgenommen.“ Er gibt Hannah den Stock zurück und geht sofort wieder neben ihr, genau wie Britt neben Julian.

Sie laufen ein Stück tiefer in den Wald, weg vom Dorf. Am dicken glatten Stamm einer riesigen Buche bleiben sie dann stehen. Hannah reißt die Milchtüte auf und trinkt einen Schluck, diesmal teilen sie genau, auch Philipp.

Jetzt überfliegt Julian die erste Seite der Zeitung.

Erstaunt stellt er fest: „Da steht nichts von Fabian und dem Osterfeuer." Er guckt noch mal, findet wieder nichts. Dann sieht er auf der zweiten Seite nach. „Nichts", sagt er und auch auf der dritten, vierten und fünften Seite findet er keine Meldung.

„Du hast wohl Kitt auf den Augen? Gib her!", faucht Philipp. Er reißt Julian die Zeitung weg, breitet sie auf dem Boden aus und kniet sich davor.

Die anderen hocken neben ihm. Seite für Seite und ganz genau sehen sie die Zeitung durch. Aber sie finden nicht die kleinste Meldung.

Schließlich sagt Britt: „Wir haben den Stapel gestern Abend angezündet. Wahrscheinlich steht das alles erst morgen in der Zeitung."

„Ach du Scheiße!", flucht Philipp.

Sie sitzen unter der großen Buche, die Zeitung und die leere Milchtüte liegen auf dem Waldboden. Die fünf überlegen, wie sie möglichst schnell erfahren könnten, was mit Fabian passiert ist, ohne dabei erwischt zu werden.

Schließlich schlägt Nick vor: „Wie wär's, wenn einer von uns mit verstellter Stimme im Krankenhaus anruft?"

„Der könnte sagen, er ist aus Fabians Klasse und möchte wissen, wie's ihm geht", meint Julian.

Alle finden die Idee gut.

Britt sagt: „Wir sollten aber nicht aus einer Telefonzelle in Bechtshausen anrufen, da sieht uns bestimmt jemand."

Sie wollen nach Berleburg gehen, denn dort kennt sie kaum einer.

Julian sagt: „Am besten, wir laufen durch den Wald nach Berleburg."

„Und von dort fahren wir mit dem Zug weiter … irgendwohin", schlägt Philipp vor.

Auch damit sind alle einverstanden. Hannah und Nick wollen eigentlich nach Hause. Aber sie reden nicht mehr darüber. Sie wissen ja, wie die anderen darauf reagieren, vor allem Philipp. Sie haben seine Drohungen nicht vergessen. Die beiden hoffen bald etwas über Fabian zu erfahren. Wenn seine Verletzungen nicht so schlimm sind, trauen sich vielleicht auch die anderen zurück, jedenfalls Julian und Britt.

Philipp lehnt sich an die Buche. Im Kopf hat er einen Gedanken: Er will zu seinem Onkel ins Haus, bevor sie nach Berleburg abhauen. Das muss er den anderen klar machen, ohne von der Pistole zu erzählen.

Sie reden darüber, wie lange sie durch den Wald nach Berleburg brauchen und wo sie dort telefonieren können. Dabei fällt Philipp auf, die gucken ihn gar nicht mehr so ätzend an wie vorhin, als sie Krach mit ihm hatten. Furchtbar fand er das. Als Britt ihn jetzt ansieht, lächelt sie sogar ein bisschen. Das geht warm in ihn rein. Und er lächelt zurück.

Eben sagt Julian: „Wenn wir mit dem Zug fahren, brauchen wir Fahrkarten. Das wird teuer."

Philipp schüttelt den Kopf. „Wir sind doch nicht blöd und kaufen Fahrkarten. Dann müssten wir ja zum Schalter. Wahrscheinlich hat die Polizei dort längst angerufen und denen gesagt, sie sollen auf uns achten. Und am Fahrkartenautomaten stehen oft Leute herum. Das ist zu gefährlich. Außerdem haben wir sowieso zu wenig Geld. Also … wir fahren schwarz. Logisch!"

„Hast du das schon mal gemacht?", fragt Britt.

„Aber hallo! Ist ganz einfach. Wenn wir den Schaffner am Anfang des Zuges einsteigen sehen, steigen wir am Ende ein und umgekehrt. So dauert's ewig, bis er auf unserer Seite ankommt."

„Und dann sind wir schon an der nächsten Station und können aussteigen", meint Julian.

„Genau. Die Stationen liegen nur ein paar Minuten auseinander", erklärt Philipp. Er ist ganz begeistert, keiner widerspricht ihm und alle finden richtig, was er vorschlägt. Sie nicken sogar dazu. Dann wird er ihnen doch gleich mal erzählen, dass er noch schnell zu seinem Onkel muss. So völlig nebenbei soll das klingen. Vielleicht nicken sie auch dazu.

Er will schon losreden, als sie plötzlich ein Brummen und Dröhnen in der Luft hören. Immer lauter wird das, jetzt ist es ganz nah. Sie gucken in die Baumwipfel. Aber sie sehen nicht, woher das Geräusch kommt.

Dann schreit Nick: „Ich glaub, das ist ein Hubschrauber."

„Sie suchen uns!", ruft Hannah.

Und nun erkennen sie den Hubschrauber über den Bäumen.

„Wir müssen weg, bevor die uns sehen!", schreit Philipp aufgeregt.

Schon rennt er los und die anderen laufen ihm hinterher. Die Zeitung und die Milchtüte bleiben liegen.

Während sie rennen, begleitet sie der Krach über den Baumkronen. Immer wieder gucken sie nach oben, aber sie sehen den Hubschrauber jetzt nicht mehr.

Da vorne ist eine Mulde, die zur Hälfte von einem umgestürzten Baum überdeckt wird. Sie laufen hin. Philipp springt rein und gleich darauf liegen die anderen schwer atmend neben ihm. Die fünf drängen sich unter den Baum und starren nach oben.

Der Hubschrauber ist weitergeflogen, sein Geräusch wird immer leiser. Schließlich hören sie ihn nicht mehr.

„Sind die tatsächlich mit dem Hubschrauber hinter uns her?“, fragt Hannah.

„Kann schon sein“, antwortet Britt. „Vielleicht fliegen sie aber auch nur zufällig hier rum.“

Sie stehen auf, die Kleidung voller Erde. So gut es geht, klopfen sie den Schmutz ab.

Und jetzt sagt Philipp endlich: „Also … ich muss noch mal zurück nach Bechtshausen in den Buchenweg. Im ersten Haus dort wohnt mein Onkel. Ihr könnt ja bis zum Waldrand mitkommen und …“

Er will ganz locker weiterreden, aber Julian unterbricht ihn: „Was willst du denn da?“

„Ich krieg noch Geld von ihm, hat er mir versprochen.“

„Du kannst doch jetzt nicht zu deinem Onkel gehen. Er weiß bestimmt, was passiert ist“, warnt Britt.

Irgendwie hat Philipp das Gefühl, sie gucken ihn alle misstrauisch an, und er sagt schnell: „Der sieht mich gar nicht. Er arbeitet bis abends. Aber ich weiß, wo er den Ersatzschlüssel hinlegt. Hat er mir mal gezeigt, damit ich immer zu ihm reinkann. Ich bring dann was zu trinken für uns mit. Und das Geld brauchen wir doch."

„Du darfst das einfach bei ihm holen?", fragt Britt ungläubig.

„Klar, mein Onkel sagt immer, nimm dir von mir, was du brauchst. Das Geld hat er mir sowieso zum Geburtstag versprochen."

Fast alles, was Philipp eben erzählt hat, ist ausgedacht und erlogen. Denn er will unbedingt ins Haus! Sagen kann er den anderen das mit der Pistole nicht, weil er sicher ist, dass sie dagegen sind. Aber das wird sich bestimmt schnell ändern, wenn die Eggersberger mit ihren Baseballschlägern aufkreuzen.

„Und was ist mit dem Mann hinterm Fenster?", fragt Hannah. „Vielleicht holt er gerade die Polizei und die ist da, wenn wir zurückkommen."

„Die Bullen fahren doch nicht wegen einer geklauten Zeitung und einer Milchtüte dorthin", sagt Philipp. „Aber wir können ja erst mal vom Waldrand aus gucken, ob sie da sind."

Sie reden eine Weile hin und her. Schließlich sind sie dafür, es zu versuchen, denn sie haben Durst. Philipp meint, er könnte vielleicht auch noch was zu essen mitbringen. Außerdem hat er Recht: Sie brauchen Geld. Es wäre schon gut, wenn er welches holen würde.

Gleich darauf gehen die fünf wieder zum Buchenweg.

18.

Auf der Wache verstauen sie die Waffen der Eggersberger in einem Nebenraum.

Der Polizist guckt die Baseballschläger noch mal genau an und sagt: „Ein Schlag auf den Kopf damit und man kann tot sein."

Seine Kollegin nickt. „Bei uns haben drei Glatzen einen Schwarzen mit ihren Baseballschlägern wirklich getötet. Der Mann lebte seit zwanzig Jahren hier, ist verheiratet … war verheiratet", verbessert sie sich, „und hatte zwei Kinder." Sie schüttelt den Kopf und sagt wütend: „Diese idiotischen Verbrecher! So was von brutal, unmenschlich und feige!"

Er schließt die Tür zum Nebenraum und brummt: „Also … das Zeug hier kriegen die Eggersberger nicht so schnell wieder."

„Ich würde vorschlagen, sie kriegen's überhaupt nicht mehr, wenn's irgendwie geht", sagt sie.

Der Polizist kocht Kaffee. Seine Kollegin guckt sich im Raum um und meint: „Immerhin hast du 'ne Kaffeemaschine, aber die ist das Modernste hier."

Sie hat Recht. Der Schreibtisch, die anderen Möbel, die Gardinen, das Telefon, die Schreibmaschine … alles hornalt.

Die Kommissarin spottet: „Aus der Einrichtung könnte man ein kleines Polizeimuseum machen."

„Es ist immer das Gleiche", meint er, „vor jeder Wahl versprechen die Politiker, wir werden besser ausgerüstet, kriegen mehr Personal, mehr Geld ..."

„... und nach der Wahl vergessen sie's schnell wieder", unterbricht sie ihn.

Gluckernd und gurgelnd läuft die Kaffeekanne voll. Die Polizisten sitzen sich am Schreibtisch gegenüber und überlegen, was sie zuerst tun sollen. Den Arzt im Krankenhaus wollen sie anrufen und fragen, wie es Fabian jetzt geht. Und mit Philipps Eltern sollten sie telefonieren. Es ist wirklich merkwürdig, dass sie von denen noch nichts gehört haben, obwohl ihr Sohn nicht nach Hause gekommen ist. Die Bahnhöfe in der Umgebung müssen sie auch anrufen, weil die Bahnbeamten nach den fünf Bechtshausenern Ausschau halten sollen.

Die Kommissarin meint: „Erst mal telefonieren wir mit Philipps Eltern, vielleicht sind die ja heute Morgen zu Hause."

„Okay, Chefin, machen wir", sagt ihr Kollege grinsend und schenkt Kaffee ein.

Da klingelt das Telefon. Die Kommissarin nimmt ab und meldet sich, dann hört sie vor allem zu.

Als sie auflegt, sagt sie: „Das war ein älterer Herr aus Bechtshausen." Sie guckt auf eine Notiz. „Ein Herr Sopp, und der wohnt im Buchenweg."

„Ach", staunt der Polizist.

Sie berichtet weiter: „Der Mann hat vorhin schon mal angerufen, aber er wollte nicht auf den Anrufbeantworter sprechen. Also … er hat das Mädchen wohl auch gesehen, das dir aufgefallen ist. Und die hat bei seinen Nachbarn eine Zeitung und eine Tüte Milch geklaut. Brötchen wollte sie ebenfalls mitnehmen, aber das ging schief. Herr Sopp ist nämlich hinter ihr hergelaufen und dabei sind ihr die Brötchen runtergefallen. Der Mann meint übrigens, dass sie nicht alleine war. Er hat die anderen zwar nicht gesehen, doch das Mädchen hat jemandem mit der Zeitung zugewinkt. Er ist sicher, der oder die anderen waren im Wald versteckt. Nun befürchtet Herr Sopp, die könnten wiederkommen."

„Die Zeitung haben sie gebraucht, weil sie wissen wollten, was mit Fabian ist, außerdem sind sie immer noch hungrig und durstig", vermutet der Polizist. Er überlegt kurz. „Vielleicht tauchen sie dort wieder auf, denn die Straße liegt günstig am Wald. Sie kommen unbeobachtet hin und können schnell verschwinden."

„Klar … aber sie wissen, der Mann hat zumindest das Mädchen gesehen. Natürlich ahnen sie auch, dass er bei uns anruft. Ob sie sich also noch mal in den Buchenweg trauen? Das wär schon ziemlich abgebrüht."

„Wir fahren nachher rüber. Vielleicht probieren sie's. Wär doch ein Ding, wenn wir sie dabei schnappen würden." Irgendwie hat der Polizist das Gefühl, es könnte klappen.

Dieses Mal grinst seine Kollegin und sagt: „Okay, Chef, machen wir."

Jetzt klingelt ihr Handy.

Sie meldet sich und nach kurzem Zuhören sagt sie: „Ich weiß noch nicht, wie lange das hier dauert. Wenn wir fertig sind, rufe ich an." Sie stellt das Handy aus und berichtet: „Das war meine Dienststelle. Sie wollten wissen, wann ich zurückkomme. Wir haben zurzeit nämlich eine Serie von Diebstählen, hinter der wahrscheinlich eine Bande Jugendlicher steckt. Ich soll die Diebstähle mit aufklären. Aber das muss warten."

„Fährst du heute Abend nach Hause? Oder übernachtest du hier im Ort?", fragt ihr Kollege.

„Weiß ich noch nicht. Vielleicht greifen wir die fünf nachher, dann geht's sofort zurück."

„Du könntest natürlich bei uns übernachten."

„Danke schön, mach ich gerne, wenn wir abends sehr lange arbeiten", sagt sie.

Über das Handy telefoniert sie jetzt mit den Bahnhöfen der Umgebung. Inzwischen ruft der Polizist im Krankenhaus an, aber der Arzt ist nicht zu sprechen.

Dann wählt er die Nummer von Philipps Eltern. Zu seiner Überraschung nimmt nach längerem Klingeln wirklich jemand ab. Philipps Vater ist am Apparat. Allerdings versteht man ihn kaum, denn der Mann lallt ins Telefon, so betrunken ist er schon am Morgen.

Was der Polizist dem Gelalle entnimmt, klingt schlimm. Als Philipps Vater nämlich endlich kapiert, mit wem er spricht, brüllt er los. Der Polizist hält den Hörer ziemlich weit entfernt vom Ohr und guckt ihn erstaunt an.

Irgendwann schnappt er einen vollständigen Satz auf: „Wenn Philipp sich hier sehen lässt, schlag ich ihn tot!" Er hört auch noch: „Der soll sich nie wieder blicken lassen! Nie wieder! Das sag ich dir! Dem hau ich was auf die Fresse! Und dir auch!"

Will der Polizist etwas sagen, brüllt der Mann dazwischen. In das Gebrüll hinein meint der Polizist schließlich: „Wir müssen unbedingt über Ihren Sohn sprechen und über Sie auch. Aber werden Sie erst mal nüchtern." Die Antwort wartet er gar nicht ab, er legt sofort auf.

Es hat einfach keinen Sinn, jetzt mit dem Mann zu reden. Trotz ihrer eigenen Telefonate hat die Kommissarin bemerkt, dass das Gespräch ihres Kollegen seltsam lief. Fragend guckt sie ihn an.

„Das war Philipps Vater", sagt er, „total betrunken und unheimlich aggressiv." Sie legt ihr Handy beiseite und er erzählt: „Nach dem, was ich eben gehört habe, würde ich mich wirklich wundern, wenn Philipp nach Hause ginge. Ich glaube, sein Vater klingt nicht nur gefährlich, der ist es auch."

„Zu seinen Eltern kann Philipp also nicht, von den Eggersbergern darf er sich nicht erwischen lassen …"

„… und von uns will er sich nicht erwischen lassen", ergänzt der Polizist.

„Das ist Philipps Situation", sagt die Kommissarin. „Die vier anderen könnten eigentlich nach Hause, auch wenn's Krach gäbe. Ich nehme an, die haben weniger Angst vor ihren Eltern als vor den Eggersbergern und uns."

Ihr Kollege trinkt einen Schluck Kaffee, jetzt meint

er: „Ich stell mir vor, die fünf glauben irgendwie, sie müssten das gemeinsam durchstehen und zusammenhalten."

„Denk ich auch", sagt die Kommissarin, dann fragt sie: „Was sind das eigentlich für Väter? Der von Eike war ja schon ein Prachtstück." Angeekelt verzieht sie das Gesicht. „Philipps Vater scheint ähnlich schlimm zu sein."

„Ist er garantiert", meint der Polizist. „Jedenfalls dürfen wir seinen Sohn nicht nach Hause bringen, wenn wir ihn erwischen. Das können wir nicht verantworten."

Die Kommissarin nickt. „Sollte es da wirklich so schlimm zugehen, wie wir denken, ist das klar. Wir werden mit dem Jungen und seinen Eltern reden müssen. Der Jugendnotdienst wird eingeschaltet und das Jugendamt."

„Für so einen Jungen wäre ein Heim wahrscheinlich in Ordnung", überlegt der Polizist. „Da ginge es ihm besser. Aber auch wenn die Verhältnisse zu Hause übel sind, wollen die meisten Kinder und Jugendlichen bei ihren Eltern bleiben. Nur wenige gehen freiwillig ins Heim. Sie können sich einfach nicht vorstellen, dort zu leben."

„Bevor das alles geregelt wird, müssen wir die fünf aber erst mal kriegen … und zwar bald. Sonst stellen sie noch mehr an", sagt die Kommissarin energisch.

Nun telefoniert sie schnell mit zwei weiteren Bahnhöfen. Als das erledigt ist, sagt sie: „So … und jetzt fahren wir nach Bechtshausen in den Buchenweg. Vielleicht laufen sie uns dort in die Arme."

19.

Sie verstecken sich wieder am Waldrand. Das weiß verputzte Haus von Philipps Onkel liegt auf der gegenüberliegenden Straßenseite. Im ersten Stock leuchtet ein gelber Vorhang in der Sonne. Es ist das letzte Haus des Ortes, hier beginnen schon die Felder.

Julian guckt mit dem Fernglas die Straße entlang. Nirgends ein Polizeiauto. Er sieht zum Haus, aus dem vorhin der Mann gelaufen kam. Jetzt ist da alles ruhig und auch sonst bemerkt er nichts Auffälliges.

Philipp huscht zu Britt und Julian hinter den Baum. Durch das Fernglas guckt er zum Nachbarhaus seines Onkels. Da rührt sich niemand und er sagt: „Also … ich bin gleich wieder zurück. Wenn was schief geht, haut ihr ab. Ich komm dann hinterher und wir treffen uns am Bahnhof in Berleburg."

„Falls jemand auftaucht, pfeife ich", sagt Britt. Sie kann das extrem laut.

Philipp drückt ihr die Eisenstange in die Hand. Bevor er geht, muss er noch loswerden: „Passt auf, dass unsere Kleinen nicht abhauen."

Er guckt zum Baum, hinter dem die beiden stehen. Ja, sie haben's gehört und Hannah reagiert sofort: „Blöder Affe!" Nick stöhnt nur.

Philipp tritt aus dem Schatten der Bäume und läuft über den Radweg und die Straße. Gespannt sehen die anderen hinter ihm her. Er ist im Vorgarten seines Onkels, guckt nach links und rechts. Direkt neben der Haustür steht ein großer Kübel mit Pflanzen. Zwischen der Wand und dem Kübel liegt ein Stein und darunter sei der Ersatzschlüssel, hat sein Onkel gesagt.

Er beugt sich hinter den Kübel und hebt den Stein hoch. Aber der Schlüssel … wo ist der? So ein Mist!

Philipp beugt sich tiefer, fasst unter den Kübel und jetzt fühlt er den Schlüssel. Er richtet sich auf und hält ihn über den Kopf, damit die anderen ihn sehen.

Im Nachbarhaus rührt sich weiter nichts. Philipp schließt die Tür auf. In dem Augenblick fällt ihm voller Schreck ein: Was tu ich eigentlich, wenn Onkel Kurt heute nicht arbeitet und hier ist? An die Möglichkeit hat er bisher überhaupt nicht gedacht.

Philipp steht im Flur und lauscht. Er hört nichts. Dann geht er durchs Haus. Zum Schluss sieht er noch aus dem Wohnzimmerfenster in den Garten. Sein Onkel ist nicht da, der arbeitet.

Die Pistole war in einer Kommode im Keller versteckt. Er geht die Treppe runter und steht davor. Im zweiten Schubfach lag sie, hat er in Erinnerung. Philipp zieht es auf und sieht eine Menge alter Papiere. Weit hinten unter den Blättern findet er die Pistole, eingepackt in ein helles Tuch.

Durch den dünnen Stoff fühlt Philipp die Form der Waffe. Er wickelt sie aus. Schwarz ist sie und sie liegt schwerer in seiner Hand, als er dachte. Jetzt sollen die Eggersberger bloß kommen. Die würden Augen machen.

Er nimmt das leere Magazin raus. Ohne Munition nützt die Waffe natürlich nichts. Also braucht er Patronen. Die liegen in einer Schachtel gleich neben der Pistole, erinnert er sich.

Philipp wühlt noch mal in den Papieren. Und da findet er Patronen, sechs Stück. Er setzt sich auf die Kellertreppe und drückt sie ins Magazin, wie er das bei seinem Onkel gesehen hat. So was vergisst er nicht. Das Magazin schiebt er in die Pistole. Gesichert ist sie, kann also nur losballern, wenn er das will. Ein irres Gefühl!

Wie soll er sie rumtragen, ohne dass die anderen etwas bemerken? Er versucht es mit der Jackentasche, aber die Pistole passt nicht rein. Nun lockert er den Hosengürtel und schiebt sie darunter. Jetzt noch die Jacke drüber und den Reißverschluss zuziehen.

Was passiert eigentlich, wenn sein Onkel die Pistole vermisst? Falls er sie nur ihm gezeigt hat, weiß er natürlich sofort, wer sie genommen hat. Aber vielleicht hat er sie mehreren Leuten gezeigt. Schnell schiebt Philipp den Gedanken beiseite. Er braucht die Waffe! Alles andere darf ihn nicht interessieren.

Er geht die Kellertreppe hoch. Dabei merkt er, die Pistole drückt heftig und rutscht aus dem Gürtel. An einem Haken in der Küche hängt eine schwarze Plastiktasche. Sehr praktisch. In die kommt die Pistole nun.

Als er aus dem Fenster auf die Straße guckt, ist da niemand. Auch am Waldrand sieht er keinen.

Die vier haben sich also prima versteckt. Nee, doch nicht ganz. Hinter einem Baumstamm erkennt er ein Stück von Hannahs Jacke.

Der Kühlschrank ist gut gefüllt. Philipp nimmt ein paar Äpfel, ein Stück Käse, eine Scheibe Wurst. Außerdem schneidet er einige Scheiben Brot ab. Das alles legt er in die schwarze Tasche zur Pistole.

Am besten wäre ja, wenn sein Onkel gar nicht merken würde, dass was fehlt. Deswegen packt Philipp nur wenig ein. Diesmal werden die anderen nicht meckern, dass ich was mitbringe, denkt er. Schließlich hab ich gesagt, ich darf mir von meinem Onkel holen, was ich will. Sie haben's wohl geglaubt.

Philipp setzt sich auf den Boden vor den offenen Kühlschrank. Er trinkt eine angebrochene Packung Milch aus. Oh, das war gut. Eine Flasche Bier steht auch da. Die kommt in die Tasche. Mehr Getränke findet er im Kühlschrank nicht. Aber sein Onkel hat immer noch ein paar Kisten im Keller, Mineralwasser, Limonade und so was. Davon will Philipp einige Flaschen mitgehen lassen.

Weiter hinten im Kühlschrank entdeckt er ein fast volles Glas Nusscreme. Sie haben öfter hier in der Küche gesessen, Weißbrot mit Butter bestrichen und Nusscreme draufgeschmiert. Ganz dick. Sein Onkel isst so was gern, obwohl er erwachsen ist.

Philipp schraubt den Deckel auf, steckt den Finger ins Glas und lutscht das süße braune Zeug ab. Lecker! Am liebsten würde er einfach hier sitzen bleiben. Bei seinem Onkel wäre es sowieso besser als zu Hause, wo sein Vater säuft und rumbrüllt. Seine Mutter hat nichts zu sagen, wirklich gar nichts. Sie kneift total und hält nicht zu ihm, egal was sein Vater tut.

Ich geh nicht mehr nach Hause, nimmt er sich wieder vor. Meinen Vater, diesen Idioten, will ich nicht mehr sehen. Und was ist, wenn sie mich erwischen? Das schaffen sie nicht, antwortet er sich selbst. Ich hab ja die Pistole. Aber wenn mich die Polizei doch schnappt?, überlegt er. Dann werde ich wohl verknackt. Vielleicht könnte ich auch in ein Heim gehen. Freiwillig. Das soll möglich sein. Er hat so was schon mal gehört.

Ach was, die kriegen mich nicht, denkt er. Im Notfall schieße ich. Keiner darf mir was tun und Britt auch nicht. Und wenn alles schiefgeht, erschieße ich mich.

Wie zur Probe nimmt er die Pistole aus der Tasche. Mit der rechten Hand hält er sie an die Schläfe. Nur noch entsichern und abdrücken. Ein Knall. Danach müsste er nichts mehr aushalten. Es wär alles vorbei. Eigentlich ist das ganz einfach.

Aber was passiert dann mit Britt? Julian kann sie nicht vor den Eggersbergern schützen, dieser Schlaffi, und die anderen beiden schaffen's erst recht nicht.

Philipp packt die Pistole ins Tuch ein und legt sie zurück in die Tasche. Er sitzt immer noch vor der offenen Kühlschranktür, Kälte schlägt ihm entgegen. Wieder taucht er den Finger in die Nusscreme und leckt ihn ab.

Plötzlich heult er los. Wie ein Überfall kommt das, aber nur kurz. „Scheiße! Scheiße!", flucht er. Dann steht er auf und stellt die Nusscreme zurück.

Im Badezimmer wäscht er sein Gesicht. Das brennt ziemlich. Als er in den Spiegel sieht, bemerkt er, dass die Haut an einigen Stellen rot ist. Er war mit dem Benzinkanister viel zu nah am Feuer. So was Idiotisches.

Draußen warten die anderen bestimmt schon. Er muss zurück. Halt! Sie brauchen mehr Geld. Wo könnte er welches finden? Philipp geht in den Flur. Da klingelt es. Im ersten Augenblick meint er, es klingelt an der Haustür. Dann merkt er, dass es das Telefon ist.

Eigentlich kann ihm das Geklingle ja völlig egal sein. Trotzdem wird er unruhig. Es hört auch nicht auf zu klingeln.

An der Flurgarderobe hängen zwei Jacken und ein Mantel. Vielleicht steckt Geld in den Taschen? Philipp wühlt darin herum, während ihn das Telefon weiter nervt.

Da, aus einer Jackentasche holt er einen Fünfzigeuroschein, zwei Zwanziger, einen Zehner und einige Münzen. Den Fünfziger und ein paar Münzen steckt er zurück. Philipp will vorsichtshalber nicht zu viel mitnehmen.

Endlich hört das Klingeln auf. Als Philipp die schwarze Tasche aus der Küche holt, fällt ihm ein, sein Onkel hat ihm manchmal etwas Geld gegeben. Das hat er immer aus einem Schubfach im Küchenschrank genommen. Er zieht das Fach auf und da steht das Kästchen voller Kleingeld. Schnell klaubt Philipp noch ein paar Fünfcentstücke raus und eine Hand voll anderer Münzen. So … das reicht jetzt wirklich.

Philipp kommt aus dem Haus. Wieder sieht er niemanden. Er schließt die Tür ab, den Schlüssel legt er zurück an die alte Stelle. Dann geht er mit der Tasche über die Straße zum Waldrand. Ungeduldig warten die vier dort auf ihn.

Britt sagt: „Es sieht aus, als kämst du vom Einkaufen."

Erst einmal laufen sie jetzt tiefer in den Wald. Am Rand einer Lichtung setzen sie sich auf einen umgestürzten Baumstamm und Philipp packt aus. Dabei lässt er keinen in die Tasche sehen.

Sie zählen das Geld. Fast neunzig Euro sind es.

„Klasse", sagt Julian. Und Philipp staunt, dass der ihn lobt.

Allerdings fragt Nick ihn jetzt: „Hast du außer der Flasche Bier nichts zu trinken mit?"

Verdammt! Er hat nur noch an das Geld gedacht. Außerdem war das Geklingle so nervig.

Er will schon zugeben, dass er die Getränke im Keller einfach vergessen hat, aber dann bringt er es doch nicht fertig.

Deswegen sagt er: „Es war nix da, nur die Flasche Bier."

Die fünf sitzen auf dem Baumstamm und essen. Hannah nimmt die schwarze Tasche vom Boden. Sie will nachsehen, ob noch was zu essen drin ist.

Sofort springt Philipp auf, reißt ihr die Tasche aus der Hand und schnauzt sie an: „Mehr hab ich nicht!" Dann sagt er etwas freundlicher: „Wir können uns ja kaufen, was wir noch brauchen."

Britt findet's seltsam, wie Philipp der Hannah die

Tasche weggerissen hat. Sie überlegt, ob da was drin ist, was er ihnen auf keinen Fall zeigen will.

Sie essen die letzten Bissen. Dann gehen die fünf los durch den Wald Richtung Berleburg.

20.

Auf der Fahrt zum Buchenweg kommen die Polizisten am Haus vorbei, in dem Eike und sein Vater wohnen. Dort stehen die Mopeds herum wie vorhin.

Die Kommissarin sagt: „Garantiert hockt die Bande immer noch in der stinkigen Bude und flucht über uns."

„Sollen sie doch", meint ihr Kollege, „jedenfalls können wir sicher sein, dass sie im Augenblick nicht hinter den Bechtshausenern her sind. Denn ohne ihre Mopeds unternehmen die nichts. Jetzt lassen sie sich voll laufen und warten noch auf ein paar von ihren Leuten."

„Wahrscheinlich bringen die dann wieder Baseballschläger und das andere Zeug mit. Danach setzen sie sich betrunken auf ihre Maschinen und jagen die fünf."

Ein paar Minuten später sind die Polizisten drüben in Bechtshausen. Sie kommen am Supermarkt vorbei und biegen in den Buchenweg ein. Den fahren sie langsam rauf und runter. Von den fünfen jedoch keine Spur.

„Da haben sie sich versteckt", sagt der Polizist und zeigt zum Waldrand.

Vor Herrn Sopps Haus stellen sie den Wagen ab. Als sie klingeln, kommt er sofort heraus.

Aber er kann ihnen nichts Neues berichten: „Das Mädchen, das vorhin die Sachen gestohlen hat, hab ich nicht wieder gesehen. Und auch sonst ist niemand gekommen, der nicht in den Buchenweg gehört."

Als sich die Polizisten von Herrn Sopp verabschieden, erzählt er: „Meine Nachbarn haben bisher gar nicht gemerkt, dass ihre Zeitung und die Milch fehlen. Die schlafen um die Zeit noch, wenn einer von ihnen Nachtschicht hatte." An der Nachbartür klebt ein Zettel. „Der ist von mir", erklärt Herr Sopp, „damit sie gleich wissen, was los war."

Die Polizisten sitzen wieder im Wagen. Eigentlich hätten sie sich die Fahrt nach Bechtshausen sparen können. Es ist nichts dabei herausgekommen.

Die Kommissarin seufzt. „Es wär ja auch zu schön gewesen, wenn sie uns hier in die Arme gelaufen wären."

Für die beiden gibt es erst einmal nicht mehr viel zu tun. Denn sie haben keine Ahnung, was die Bechtshausener vorhaben. Und die Eggersberger halten zurzeit still. Also können sie gegen die ebenfalls nichts unternehmen.

Während der Fahrt überlegen sie, ob noch irgendwas Dringendes ansteht. Aber es fällt ihnen nichts ein. Auch die Bahnhöfe sind informiert und ihre Kollegen in den Nachbarorten. Dort achtet man darauf, ob sich die fünf blicken lassen.

Der Polizist sagt: „Vielleicht meldet sich einer von

ihnen zu Hause oder bei Freunden. Und die benachrichtigen uns dann."

„So einen Hinweis könnten wir gut gebrauchen", meint seine Kollegin.

„Im Krankenhaus sollten wir anrufen", schlägt er vor.

„Das machen wir. Aber weißt du, ich hab vor allem eines ..." Er sieht fragend zu ihr rüber und sie sagt: „Hunger ..."

„Wie wär's mit belegten Brötchen?"

„Wunderbar."

In Eggersberg fährt der Polizist zur Bäckerei Seeck.

Als er dort anhält, erzählt er: „Ich find's prima, dass wir Geschäfte wie dieses hier im Ort haben und nicht alles im Supermarkt kaufen müssen. Bei Seecks backen sie noch selbst, machen ihren eigenen Sauerteig, haben klasse Brötchen, viele Sorten frisches Brot und guten Kuchen. Also, ich kaufe gerne bei denen."

Eine freundliche Frau reicht ihnen die Tüte mit belegten Brötchen über den Tresen. Nun will jeder der Polizisten für den anderen mitbezahlen. Sie reden kurz darüber, lachen und ziehen ihre Portemonnaies aus den Taschen.

Da fällt der Blick des Polizisten auf eine bunte Torte und die Polizistin sieht raus, weil ein Auto scharf bremst. Ihre Portemonnaies stecken sie wieder ein.

Sie meint, er hätte bezahlt, und er ist sicher, sie hätte das erledigt. Also nimmt der Polizist die Tüte und sie wollen gehen.

„He! Herr Köhn!", ruft die Verkäuferin lachend

hinter ihm her. „Ich krieg noch Geld. Von unserem Polizisten hätte ich ja wirklich nicht gedacht, dass er einfach rausgeht, ohne zu bezahlen." Lachend schüttelt sie den Kopf und er gibt ihr schnell das Geld.

Auf der Wache essen sie die Brötchen und trinken Kaffee. Danach ruft der Polizist im Krankenhaus an.

Dieses Mal erreicht er Fabians Arzt. Erst einmal erfährt er, dass Fabian lebt. Ausführlich berichtet ihm der Arzt.

Die Kommissarin beobachtet, wie sich das Gesicht ihres Kollegen entspannt. Er lächelt und guckt ganz zufrieden. Die Nachrichten aus dem Krankenhaus können also nicht schlecht sein.

Als der Polizist den Hörer auflegt, atmet er erleichtert durch und sagt: „Also … ich fass mal kurz zusammen, was mir der Arzt mitgeteilt hat. Er hatte eigentlich nicht daran geglaubt, dass Fabian durchkommt, weil die Verbrennungen wirklich sehr schwer sind. Aber inzwischen ist er optimistisch. Fabians Zustand hat sich gebessert und der Arzt meint, er hätte nun gute Chancen. Sie müssen ihn operieren, eventuell sogar mehrere Male. Natürlich kann der Arzt nicht garantieren, dass alles so positiv verläuft, wie er hofft. Aber die Wahrscheinlichkeit ist ziemlich groß. Allerdings wird es lange dauern, bis die Verletzungen verheilt sind."

„Das klingt ja besser, als wir gedacht haben", freut sich die Kommissarin. Sie streicht ihre rötlichen Haare aus der Stirn. Jetzt dämpft sie die Freude etwas, indem sie sagt: „Na ja, erst mal muss das wirklich so glimpflich ausgehen und natürlich bleiben Narben zurück. Hoffentlich entstellen sie den Jungen nicht zu stark. Und hoffentlich verkraftet er seelisch, was er da erlebt hat. Das alles muss ganz schrecklich für ihn gewesen sein."

Der Polizist berichtet weiter: „Fabians Eltern und seine Freundin Petra wissen über den neuesten Stand Bescheid. Übrigens hat eine der Wachen die Flammen an Fabians Kleidung mit einer Decke erstickt. Sonst wären die Verbrennungen noch schlimmer. Zufällig war 'ne Decke greifbar und der Junge wusste, was er tun muss. Er hat das bei der Jugendfeuerwehr gelernt."

„Der hat Fabian wahrscheinlich das Leben gerettet", meint die Kommissarin.

Einige Minuten sitzen sich die beiden schweigend am Schreibtisch gegenüber.

Schließlich trinkt der Polizist einen Schluck Kaffee und überlegt laut: „Ich glaube fast, die fünf würden zurückkommen, wenn sie wüssten, was wir eben vom Arzt erfahren haben."

„Bei vieren kann ich mir das auch vorstellen", meint die Kommissarin. „Philipp würde es wohl nicht tun."

Ihr Kollege guckt auf die Uhr und sagt: „Wir sollten jetzt mal zu Herrn Ratke fahren. Inzwischen weiß er sicher, was die fünf bei ihm gestohlen und kaputtgemacht haben."

„Stimmt, das müssen wir ja noch alles aufnehmen. Ach, dieser Papierkram!", stöhnt sie.

Unterwegs zum Laden sagt die Kommissarin: „Nachher sollte ich erst mal zu meiner Dienststelle zurückfahren. Da wartet 'ne Menge Arbeit. Wir haben zu wenig Leute. Wenn du hier was Neues hörst, rufst du mich einfach an. Eine dreiviertel Stunde später bin ich dann da."

Als sie im Laden ankommen, steht Herr Ratke hinterm Tresen und verkauft. Er hat sich inzwischen wohl einigermaßen von seinem Schreck erholt. Und ein Glaser repariert das Fenster.

„Das geht hier ja fix", wundert sich die Kommissarin.

„Aber nur, weil der Glaser mein Schwiegersohn ist", sagt Herr Ratke.

Die Polizisten nehmen auf, was gestohlen, beschädigt oder zerstört wurde. Dann verabschieden sie sich gleich wieder, denn im Laden wartet Kundschaft.

Von der Wache aus will die Kommissarin sofort zu ihrer Dienststelle fahren. Sie steht schon an der Tür, als das Telefon klingelt.

Der Polizist nimmt den Hörer ab. Im nächsten Augenblick ruft er seiner Kollegin zu: „Warte mal!" Er spricht kurz ins Telefon, dann hört er zu. Zum Schluss sagt er: „Wir fahren gleich los." Schnell legt er auf und berichtet: „Das war ein Bahnbeamter aus Berleburg, ein paar Kilometer von hier. Der Mann hat drei Jugendliche beobachtet, die er vorher noch nie am Bahnhof gesehen hat. Und eigentlich kennt er die Leute, die in Berleburg mit dem Zug fahren."

„Nur drei?", fragt sie.

„Vielleicht haben sie sich getrennt. Seiner Beschreibung nach müssten es Philipp, Britt und Julian sein. Die sind in den Zug gestiegen, der bis

Olpstadt fährt. Aber natürlich könnten sie unterwegs auch an jeder anderen Station aussteigen. Der Zug fährt gerade los."

„Sehr gut", meint sie. „Wir begleiten den Zug mit dem Wagen. Wenn sie rauskommen, schnappen wir sie. Dann haben wir schon mal drei."

„Jetzt kriegen wir sie", sagt er erleichtert.

„Klar, Chef!", meint sie und grinst.

21.

Fast eine Stunde gehen sie durch den Wald. Sie waren so durstig, dass sie sich inzwischen die Flasche Bier geteilt haben, obwohl sie, bis auf Philipp, Bier eigentlich nicht mögen. Durst haben sie jetzt immer noch und außerdem den bitteren Geschmack im Mund.

Sie reden kaum. Meistens geht Philipp voran, die Eisenstange in einer Hand, die schwarze Plastiktasche mit der Pistole in der anderen. Er wusste es, mit der Pistole fühlt er sich besser, sicherer. Gut, dass ich das Ding habe, denkt er.

Zwischen den Ästen der Bäume strahlt hellblauer Frühlingshimmel. Warm ist es. Ihre Jacken haben die fünf längst aufgemacht. Die ganze Zeit sind sie querfeldein gegangen. Sie beeilen sich, denn sie wollen bald in Berleburg sein, von dort mit dem Krankenhaus telefonieren, in den Zug steigen und ab geht's.

Hannah denkt an ihr Zimmer. Da wäre sie jetzt gerne. Sie stellt sich vor, wie sie irgendwann zu ihrer Mutter geht und sich zu ihr setzt. Die arbeitet halbtags, kommt mittags nach Hause. Später gibt's dann Essen. Eigentlich ist das ja gar nichts Besonderes, nur normaler Alltag. Aber während sie hier durch den Wald geht, kommt ihr dieser Alltag besonders vor.

Schön ruhig und ohne Angst war der. Sie guckt zu Nick. Zum Glück ist er da und geht neben ihr.

Außer Philipp denken auch die anderen immer wieder an zu Hause. Das schiebt die Gedanken an Fabian beiseite. Britt geht hinter Philipp. Sie wundert sich über seine schwarze Tasche, von der er behauptet, sie sei leer. Aber sie sieht nicht so aus. Da liegt was drin. Ganz bestimmt! Frag ich ihn danach?

Als sie das überlegt, dreht er sich um und sagt: „Guckt mal, die ersten Häuser von Berleburg."

„Wird auch Zeit, ich krieg Seitenstiche. Ihr rennt ja fast", klagt Hannah.

Philipp will sie schon anblaffen. Aber als er merkt, dass Britt und Julian sofort langsamer gehen, hält er lieber den Mund.

Nun sind sie am Ortsrand auf einem schmalen Weg zwischen Gärten. Julian zeigt nach vorne und sagt: „Der Bahnhof liegt da. Am besten, wir gehen zur Hauptstraße und immer geradeaus."

Sie müssen also ein Stück durch Berleburg. Die fünf hoffen nur, dass sie hier wirklich niemanden treffen, der sie kennt.

Nick meint: „Wenn wir mit den Stöcken und der Eisenstange durch den Ort latschen, fallen wir bestimmt auf."

Kaum sind sie das alles los, kommt ihnen eine ältere Frau auf einem Fahrrad entgegen. Neugierig guckt sie die drei Jungen und zwei Mädchen an. Die hat sie hier noch nie gesehen, die gehören sicher nicht in den Ort. Wieso sind die jetzt nicht in der Schule wie ihre Enkel? Als sie vorbeigefahren ist, dreht sie sich noch mal um und sieht hinter ihnen her.

„Die hat komisch geguckt", meint Hannah.

„Wahrscheinlich guckt die immer so", kommt von Philipp.

Die Hauptstraße ist Fußgängerzone. Eine Menge Leute wimmeln herum. Nun finden es die fünf doch zu riskant, einfach hier runterzugehen. Also weichen sie auf Nebenstraßen aus, wo kaum jemand unterwegs ist.

Ungefähr dreihundert Meter vor sich sehen sie dann endlich den Bahnhof. Am ersten der vier Gleise steht ein Zug. Allerdings sind sie auf der falschen Bahnhofsseite angekommen, müssen also über die Gleise.

Das Überqueren der Gleisanlagen ist verboten, lesen sie. Sie bleiben kurz stehen und gucken zum Zug, in den eben ein Mann einsteigt. Niemand scheint sie zu beachten und schon rennen sie über Schotter und Schienen. An denen gehen sie dann ein Stück entlang, rechts neben sich dichte Büsche.

Am letzten Busch hocken sie sich hin und sind in Deckung. Hier beginnt ein hoher Drahtzaun, der bis zum Bahnhof reicht. Wenn sie links vom Zaun bleiben, kommen sie direkt zum Bahnsteig mit dem Zug. Drängen sie sich rechts durch die Büsche, können sie vor dem Zaun entlang und vorne zum Haupteingang gehen.

Sie wollen ja noch im Krankenhaus anrufen. Aber auf dem Bahnsteig sehen sie keine Telefonzelle.

Julian meint: „Vor dem Bahnhof gibt's sicher irgendwo eine."

Also drängen sie sich zwischen den Büschen durch.

Während sie am Zaun entlanggehen, fragt Nick: „Wohin fährt der Zug eigentlich?"

„Keine Ahnung", antwortet Philipp, „ist auch egal. Mit dem hauen wir ja nur hier aus der Gegend ab und fahren in 'ne größere Stadt. Dort kennt uns bestimmt niemand. Und da steigen wir um und fahren dann irgendwohin."

Nick und Hannah gucken sich kurz an. Sie wollen nach Hause. Es soll Schluss sein. Trotzdem gehen sie mit den anderen weiter.

Direkt vor dem Bahnhof sehen die fünf ein Taxi und einige Leute.

„Vom Eingang da vorne bleiben wir lieber weg", sagt Julian. „Vielleicht hat die Polizei ja am Bahnhof angerufen und sie warten, dass wir kommen."

Sie wollen eben in eine Seitenstraße einbiegen, als Britt ruft: „Eine Telefonzelle! Gleich rechts vom Bahnhof."

Jetzt sehen die anderen sie auch. Sie wird zur Hälfte von einer Litfaßsäule verdeckt.

Die fünf bleiben hinter einem Auto stehen, das neben dem Zaun parkt. Wieder steigt jemand in den Zug.

„Hoffentlich fährt der nicht gleich los", meint Philipp.

Sie gucken, ob vor dem Bahnhof die Polizei wartet oder sonst jemand irgendwie auffällig herumsteht. Aber da ist niemand.

Britt sagt: „Ich geh zur Telefonzelle und rufe an. Wartet hier auf mich."

„Wir haben die Nummer vom Krankenhaus gar nicht", fällt Julian ein.

„In der Zelle gibt's bestimmt ein Telefonbuch", meint Britt. „Darin find ich die Nummer. Oder ich frag die Auskunft." Sie geht los.

„Hoffentlich erfährt sie was", sagt Hannah.

Britt läuft am Taxi vorbei, dann verschwindet sie in der Telefonzelle. Aber kaum ist sie drin, taucht sie schon wieder auf.

„So schnell kann sie gar nicht telefoniert haben", meint Julian enttäuscht.

Als Britt zurück ist, flucht sie: „Mist! Das ist ein Kartentelefon. Und meine Karte liegt zu Hause."

Auch keiner der anderen hat eine mit.

Philipp schlägt vor: „Rufen wir eben vom nächsten Bahnhof im Krankenhaus an. Bestimmt können wir da irgendwo 'ne Karte kaufen."

Jetzt sagt Britt: „Hinterm Haupteingang hab ich noch einen Eingang gesehen. Dort ist niemand. Da gehen wir rein."

Zu fünft wollen sie sich nicht vor dem Bahnhof blicken lassen. Also biegen sie in eine Straße ein und erreichen einige Minuten später den Seiteneingang, neben dem nur ein paar Fahrräder lehnen. Hier ist wirklich niemand und sie kommen unbemerkt durch. An der Schmalseite des Bahnhofs verstecken sie sich.

Julian guckt um die Ecke zum Bahnsteig und sagt: „Der Zug wartet noch." Plötzlich wird er aufgeregt: „Ich seh den Schaffner. Er steigt vorne in den Zug."

Philipp guckt nun auch und sagt: „Der letzte Wagen ist höchstens zehn Meter von uns entfernt.

In den steigen wir. Es dauert ewig, bis der Schaffner durch den Zug dahin kommt."

„Ich glaub, der Zug fährt gleich ab", meint Julian. „Wir müssen rein!"

Die fünf gehen rasch über den Bahnsteig. Dabei gucken sie zum Wagen, in den der Schaffner eingestiegen ist. Aber der Mann bleibt verschwunden.

Philipp reißt die letzte Tür des Zuges auf. Dann steht er im Gang und guckt durch die Glastür nach vorne. Da ist niemand. „Hier bleiben wir", sagt er. Er dreht sich um, sieht aber nur Britt und Julian. „Wo sind Hannah und Nick?", fragt er.

Sie gucken aus dem Zug. Auf dem Bahnsteig stehen die beiden nicht. „Die waren doch eben noch hier", staunt Britt. „Sie sind hinter mir gegangen."

Nun schimpft Philipp: „Diese Schweine! Ich hab's euch gesagt! Die hauen ab! Jetzt ist es passiert …"

Er will weiterschimpfen, da drängelt sich ein Mann mit einem großen Koffer an ihnen vorbei und Philipp ist erst mal ruhig. Der Mann geht ein Stück den Gang runter und verschwindet in einem Abteil.

Sie hören einen lauten Pfiff und eine Ansage, die sie nicht verstehen.

„Ich steig aus und guck, wo die stecken. Wenn ich die erwische!", droht Philipp.

Er will die Tür aufreißen, aber Julian warnt ihn: „Der Zug fährt ab. Mach keinen Quatsch!"

Sie sehen über den Bahnsteig. Von Hannah und Nick keine Spur.

Und Philipp schimpft wieder: „Diese Scheißer! Jetzt verpfeifen sie uns. Jede Wette!"

„Glaub ich nicht", meint Britt.

„Ich bin ja so was von sauer!" Eigentlich hätte Philipp das gar nicht sagen müssen, Julian und Britt sehen's auch so, denn sein Gesicht ist rot vor Wut.

Der Zug fährt schneller. Die drei gucken hinten aus dem letzten Wagen auf die Gleise und den kleiner werdenden Bahnhof.

Julian staunt, als hätte er's jetzt erst richtig kapiert: „Hannah und Nick sind wirklich abgehauen!"

„Dass du das auch schon merkst", knurrt Philipp.

Von hier können sie den Gang zwei Wagen weit überblicken. Und der ist immer noch völlig leer.

Britt sagt: „Ich glaub, der Schaffner hat uns nicht gesehen."

Julian nickt. „Bestimmt nicht. Der war ja irgendwo da vorne im Zug."

Jetzt nimmt Britt Julians Hand und Philipp steht mit seiner schwarzen Tasche neben den beiden. Sie hoffen, dass der Schaffner nicht plötzlich auftaucht.

Philipp sagt: „Bis der hier ist, dauert's. Er muss jede Fahrkarte kontrollieren." Plötzlich grinst er und meint: „Nur bei uns kann er's nicht." Philipp klemmt seine Tasche unter den Arm, dabei spürt er die Pistole und murmelt: „Mich kriegen sie sowieso nicht."

Sie stehen dicht an der Gangtür und starren nach vorne. Britt guckt auf die Uhr. Fünf Minuten sind sie erst unterwegs.

Julian stöhnt. „Wie lange dauert's denn noch bis zur nächsten Station?"

„Eigentlich müssten wir gleich da sein", antwortet Philipp. Ungeduldig tritt er von einem Fuß auf den anderen. Dann drückt er den Griff der Wagentür, als wollte er aus dem fahrenden Zug springen.

„Was soll'n das?“, fragt Julian.

„Ich wollte nur mal sehen, ob man diese Tür während der Fahrt aufkriegt. Aber das funktioniert nicht.“ Jetzt bemerkt Philipp einen Hebel über der Tür und ein Schild: *Aufhebung der Türblockierung. Nur in Notfällen bedienen.* Ach, mit dem Hebel kann man die Tür also doch während der Fahrt öffnen.

Angespannt stehen sie da und befürchten, dass der Schaffner auftaucht. Eben fahren sie an einem Haus vorbei. Beginnt hier ein Ort und der Zug hält gleich? Dann könnten sie endlich aussteigen. Aber der Zug fährt gleichmäßig weiter.

Auf der anderen Seite des Gangs wird die Tür geöffnet. Der Schaffner? Nein, zum Glück nicht. Es kommt nur eine junge Frau und verschwindet in einem Abteil.

Philipp hält das Warten nicht mehr aus. „Ich schau mal nach, wo der Schaffner steckt.“ Schon hat er die Tür geöffnet und ist weg.

Britt ruft hinter ihm her: „Beeil dich!“

Er kommt an einem Abteil vorbei. Zwei Leute sitzen drin, sie beachten ihn nicht. Nun steht er am Ende des Gangs. Er fasst nach dem Türgriff. Da wird die Tür von der anderen Seite geöffnet. Erschreckt denkt Philipp: Der Schaffner! Aber vor ihm stehen Hannah und Nick.

„Wo kommt ihr denn her?“, fragt Philipp verblüfft.

„Von da vorne“, antwortet Hannah.

Nick erzählt: „Wir wollten hinter Britt in den Zug

steigen, als ein Mann mit seinem Koffer kam. Der hat sich einfach an uns vorbeigedrängelt und ist in den Zug rein. Es hat ewig gedauert, bis er seinen riesigen Koffer die Stufen raufgeschleppt hatte. Wir dachten schon, der Zug fährt ohne uns ab."

„Deswegen sind wir ein paar Wagen weiter gerannt und dort eingestiegen", berichtet Hannah.

„Warum seid ihr nicht gleich zu uns nach hinten gekommen?", fragt Philipp.

„Weil ich auf dem Klo war", antwortet Nick.

„Und ich musste auch", sagt Hannah.

„Habt ihr den Schaffner irgendwo gesehen?", erkundigt sich Philipp.

„Nee", antwortet Nick, „in den nächsten zwei Wagen ist er jedenfalls nicht."

„Ich gucke mal, wo er steckt", sagt Philipp. Er geht mit der schwarzen Tasche in der Hand den Gang runter. Und er ist immer noch mächtig überrascht, dass Hannah und Nick zurückgekommen sind.

Auch Britt und Julian staunen nicht schlecht, als die zwei auftauchen. Jetzt warten sie alle auf Philipp. Ungeduldig guckt Britt wieder zur Uhr. Acht Minuten sind sie unterwegs.

Plötzlich kommt Philipp. Er rennt den Gang runter, reißt die Tür auf und sagt: „Der Schaffner ist noch vier Wagen vor uns. Und im Zug sitzen 'ne Menge Leute. Er sieht sich jede Fahrkarte genau an und geht dann weiter … Halt, nee!", unterbricht Philipp sich. „Eben geht er nicht. Er quatscht mit einer Frau. Also … ich sag's euch … bis der hier ist, dauert's noch."

Der Zug fährt langsamer und sie rattern an Häusern und Straßen vorbei.

„Ich glaub, der hält gleich", meint Britt.

„Hier steigen wir aber noch nicht aus", bestimmt Philipp. „Ist'n zu kleiner Ort. Von dem kommen wir nicht weiter. Wir müssen zu einem größeren Bahnhof." Er redet immer lauter, denn die Bremsen kreischen mächtig.

„Ich find's total nervig, dass der Schaffner jeden Augenblick auftauchen kann", sagt Julian. „Ich will hier raus!"

„Oh Mann! Reg dich ab. Vier Wagen liegen zwischen ihm und uns. Der kommt nicht so schnell", meint Philipp.

„Und wenn er inzwischen weitergegangen ist?", fragt Britt.

„Schauen wir doch erst mal, aus welchem Wagen er jetzt am Bahnhof aussteigt", schlägt Philipp vor. „In den steigt er nämlich auch wieder ein. Das machen die immer so."

Der Zug hält. Britt öffnet die Tür und lehnt sich raus. Gespannt stehen die anderen hinter ihr.

Sie sagt: „Er steigt vier Wagen vor uns aus. Nee! Drei sind's nur."

„Dann fahren wir weiter", entscheidet Philipp.

„Er steigt wieder ein … in den gleichen Wagen", sagt Britt.

„Na bitte", meint Philipp und zieht die Tür einfach zu, bevor jemand protestieren kann.

Sie hören den gellenden Pfiff und die Lautsprecheransage. Dann fährt der Zug ab. Wie vorhin stehen die fünf im letzten Wagen, sehen den Gang runter.

Julian stöhnt. „Am nächsten Bahnhof steigen wir wirklich aus. Egal, wo der Schaffner gerade ist."

Bis auf Philipp nicken alle und der fragt: „Warum haben wir eigentlich Schiss vor dem Typen? Wir sind zu fünft … na ja … die zwei Kleinen zählen nicht richtig …"

„Idiot!", unterbricht ihn Hannah.

Und Julian blafft: „Red nicht so 'n Stuss!"

„Okay", kommt von Philipp, „ist auch egal, ob die zwei zählen. Jedenfalls müssen wir vor dem blöden Schaffner keine Angst haben. Der ist alleine. Wenn der was von uns will, geht's rund!"

Philipp guckt wütend und schlägt mit der rechten Hand durch die Luft, in der linken hält er die schwarze Tasche. Er sieht wirklich gefährlich aus. Die anderen gucken ihn erstaunt an, wissen nicht, gibt er an oder meint er's ernst.

Ob ich ihnen die Pistole zeige?, überlegt Philipp. Eigentlich wär's gut. Dann wüssten sie, dass uns der Schaffner wirklich nichts tun kann.

„Was willst du machen, wenn er plötzlich dasteht?", fragt Julian. „Ihn aus dem Zug werfen?"

„Quatsch! Ich weiß was Besseres. Jedenfalls lässt der uns in Ruhe." Philipp grinst.

Britt sieht ihn an und verlangt: „Dem Schaffner tut keiner was. Mir reicht, was mit Fabian passiert ist." Etwas leiser sagt sie: „Wenn's nicht anders geht, geben wir auf."

„Nee!", widerspricht Philipp und greift in die

schwarze Tasche. Jetzt wird er ihnen die Pistole zeigen.

In dem Augenblick ruft Hannah: „Der Schaffner! Er ist nur noch einen Wagen vor uns."

Der uniformierte Mann geht den Gang runter, kommt näher.

Nick flüstert:„Ich glaub, der hat zu uns rübergeguckt."

Nun verschwindet der Beamte in einem Abteil.

Erleichtert sagt Philipp: „Der hat uns wohl doch nicht gesehen."

Aber schon kommt er raus und geht ins nächste. Er bleibt kurz darin, bis er auch diese Abteiltür hinter sich schließt. Für einen Moment steht er jetzt im Gang, holt irgendwas aus seiner Tasche, guckt darauf und steckt es zurück.

Wieder öffnet er eine Tür. Dann betritt er das Abteil, aber nur wenige Sekunden. Gleich wird er bei ihnen sein. Von der Gangtür, hinter der die fünf stehen, bis zum Schaffner sind es höchstens noch zehn Meter.

Britt merkt es zuerst: „Der Zug fährt langsamer!"

Sie sehen schon den nächsten Bahnhof. Und wieder zieht der Schaffner eine Tür auf. Diesmal kontrolliert er keine Fahrkarten. Er bleibt im Gang stehen, sagt etwas und geht sofort weiter. Direkt in ihre Richtung. Vielleicht ist er noch acht Meter entfernt.

Der Beamte blickt zu ihnen. Spätestens jetzt hat er sie bemerkt, klar! Schnell dreht sich Philipp zur Seite, damit ihn der Mann nicht zu deutlich sieht.

Er stößt gegen Nick, und der sagt plötzlich: „Ein Polizeiauto!"

„Wo?", fragt Philipp und schaut aus dem Zugfenster.

„Es ist gerade hinterm Bahnhof verschwunden."

Als er das hört, schießt Philipp durch den Kopf: Der Schaffner hat uns längst entdeckt. Er hat die Polizei angerufen, und die wartet hier am Bahnhof auf uns. Natürlich!

„Scheiße!", flucht er. „Aber die werden mich nicht erwischen, mich nicht!" Er greift in die Tasche, zieht die Pistole raus. Hastig wickelt er sie aus dem Tuch.

Die anderen gucken ihm ahnungslos zu, kapieren noch nicht, was er da hat. Er hält die Waffe in der Hand.

Nun erkennt Britt das schwarze glänzende Ding. Aber irgendwie kann sie nicht glauben, was sie sieht, und fragt erschreckt: „Ist die echt?"

Philipp hebt die Pistole hoch und antwortet: „Die ist echt! Und geladen ist sie auch."

Sie starren die Waffe an. „Mach keinen Mist!", sagt Britt.

Philipp versucht die Wagentür aufzureißen, will aus dem Zug springen und abhauen.

„Nicht!", warnt Julian ihn. „Der Zug fährt viel zu schnell!"

Aber Philipp kann die Tür sowieso nicht öffnen, weil sie während der Fahrt ja blockiert ist. Er reißt noch mal am Griff, dreht sich zu den anderen und brüllt: „Ich fahr den Bullen doch nicht entgegen!" Dazu fuchtelt er mit der Pistole herum.

Hektisch sieht Philipp den Gang hinunter. Der Schaffner ist verschwunden. Ein Blick aus dem

Fenster der Wagentür zum Bahnhof. Ja, da steht ein Polizist und neben ihm steht jemand ohne Uniform. Bestimmt warten im Bahnhofsgebäude noch mehr Polizisten, vermutet Philipp.

Er drückt den Türgriff auf der anderen Seite des Wagens runter, die der Polizist nicht sehen kann. Natürlich ist auch der Griff blockiert.

Plötzlich fällt ihm der Hebel ein, den er vorhin über der Tür entdeckt hat. Da ist er. Den muss er ziehen und die Türblockierung wird aufgehoben. Auf dem Schild daneben steht's.

Er greift nach dem Hebel, zieht ihn. Sofort gibt's ein zischendes Geräusch und die Tür lässt sich wirklich öffnen. Er reißt sie ganz auf. Dabei fällt ihm die schwarze Plastiktüte aus der Hand.

„Bleib hier!", schreit Britt.

Aber Philipp steht schon auf der obersten Stufe, dann geht er eine tiefer. Die Pistole hält er in der rechten Hand, mit der linken klammert er sich an der Stange neben der Tür fest. Unter sich sieht er schwarzen Schotter und er spürt den kalten Fahrtwind, der an seiner Kleidung zerrt, ihm in die Haare fährt und Tränen in die Augen treibt.

Julian will ihn zurückreißen. Er packt ihn am Jackenärmel und merkt, dass Philipp einen Augenblick zögert. Er springt nicht!, hofft Julian. Ich zieh ihn rein. Er versucht es und packt fester zu. Aber da springt Philipp wirklich und Julian hält nur noch die Jacke in der Hand.

Der Zug fährt inzwischen etwas langsamer. Julian guckt aus dem hinteren Fenster. Britt, Hannah und

Nick stehen neben ihm. Da ist Philipp! Bewegungslos liegt er neben den Gleisen.

„Der ist rausgesprungen", sagt Britt fassungslos.

Hannah meint: „Ich hätte nie gedacht, dass der sich das traut. Hab gedacht, der sagt das nur, weil er sich wichtig tun will."

Jetzt kreischen die Bremsen. Die Wagentür, aus der Philipp gesprungen ist, steht offen und Julian hält immer noch Philipps Jacke in der Hand. Dann stoppt der Zug.

Der Polizist rennt an den Wagen entlang, denn er hat jemanden neben den Gleisen liegen sehen.

Britt öffnet die andere Tür und ruft ihm hinterher: „Vorsicht! Der Philipp hat 'ne Pistole!"

Aber der Polizist hört das wohl nicht. Er rennt weiter, obwohl er längst bemerkt hat: Der Junge wird mir nicht davonlaufen.

Einen Augenblick denken Julian und Britt, sie könnten doch noch abhauen. Natürlich nicht aus der Wagentür zur Bahnsteigseite. Denn dort steht eine Frau und wartet auf sie. Die beiden erkennen sie sofort wieder. Es ist die Polizistin, die sie mit ihrem Kollegen gesehen haben. Und der möchten sie lieber nicht in die Arme laufen.

Julian und Britt wollen durch die offene Wagentür auf der anderen Zugseite verschwinden, wie Philipp. Sie sehen zu Hannah und Nick.

Julian sagt: „Los! Kommt mit!" Aber die beiden rühren sich nicht.

Nun ist es auch schon zu spät. Denn plötzlich steht der Schaffner neben ihnen und schließt diese Tür.

Fast im gleichen Augenblick kommt die Polizistin in den Zug und sagt: „Da seid ihr ja. Steigt mal bitte aus!“

Das klingt ganz anders, als sie sich das vorgestellt haben, weniger gefährlich und weniger dramatisch. Langsam kapieren die vier: Es ist vorbei. Sie steigen mit dem Schaffner und der Polizistin aus. Dann stehen sie auf dem Bahnsteig.

Britt sagt zur Polizistin, was sie vorhin schon aus dem Zug gerufen hat: „Der Philipp …“, sie zeigt zu ihm, „er hat 'ne Pistole.“

„Ihr wartet hier!“, verlangt die Kommissarin. Dann sagt sie etwas zum Schaffner, und der nickt. Nun rennt die Frau an den Gleisen entlang zu ihrem Kollegen, dabei ruft sie: „Vorsicht! Der Junge hat 'ne Waffe!“

Aber der Polizist ist wohl zu weit entfernt, jedenfalls hört er sie nicht. Inzwischen rennt er nicht mehr. Er geht auf Philipp zu, gleich wird er bei ihm sein.

„Ein Kumpel von euch?“, fragt der Schaffner. Die vier nicken und der Mann schimpft: „Die Polizistin hat gemeint, er ist aus dem Zug gesprungen. So was Dämliches! Das kann nur schiefgehen.“

Aus den Zugfenstern sehen Leute. Sie haben wohl gemerkt, dass da was passiert ist. Ein Mann fragt laut und ungeduldig: „Wann fahren wir weiter? Ich muss meinen Anschlusszug kriegen!“

„In ein paar Minuten“, antwortet der Schaffner. Zu den vieren sagt er: „Versucht ja nicht abzuhauen. Die kriegen euch. Also … macht keinen Ärger.“

Wieder nicken sie. Sie haben wirklich aufgegeben.

Der Polizist ist nur noch einige Meter von Philipp entfernt. Philipps linkes Bein und sein linker Arm tun verdammt weh. Der Arm blutet, Hemd und Hose sind aufgerissen.

Da sieht der Polizist die Pistole in Philipps rechter Hand. Und der verlangt: „Bleiben Sie stehen!"

„Mach keinen Blödsinn", sagt der Polizist.

„Die ist wirklich geladen!", ruft Philipp.

Trotz dieser Warnung geht der Polizist noch einen Schritt weiter. In dem Augenblick schrecken alle zusammen, denn es knallt fürchterlich.

Philipp hat geschossen. Jetzt lässt er die Waffe fallen.

Die Kommissarin steht neben ihrem Kollegen. Ihre Pistole hält sie in der Hand und sie fragt: „Bist du verletzt?"

Er schüttelt den Kopf. Vor Schreck kann er nichts sagen, steht wie starr.

Im Gegensatz zur Kommissarin, die sich zornig zu Philipp runterbeugt und ihn anschreit: „Du bist wohl verrückt geworden!? Schießt auf einen Polizisten!" Mit einer Hand packt sie ihn am Hemd, will ihn hochreißen. In der anderen hält sie ihre Pistole.

Nun löst sich ihr Kollege aus seiner Erstarrung und brüllt den Jungen an. Als er sich halbwegs beruhigt hat, hebt er die Pistole auf. Und die Kommissarin lässt Philipp los. Da bemerken die beiden seine Verletzungen und seine Wehrlosigkeit.

Trotzdem tastet ihn der Polizist erst einmal nach weiteren Waffen ab, findet aber keine. Mit zittriger

Stimme sagt der Mann: „Hab ich ja Schwein gehabt, dass der Schuss danebenging."

Der Junge sitzt da, mindestens genauso blass wie der Polizist.

Die Kommissarin guckt sich seine Verletzungen an und meint: „Oh, das sieht übel aus!" Dann will sie wissen: „Du bist doch der Philipp?"

Der hält seinen Kopf gesenkt, nickt und sagt leise: „Ich will nicht nach Hause."

„Musst du auch nicht", antwortet die Polizistin. Sie merkt, dass der Junge Schmerzen hat, und sagt: „Du kommst erst mal ins Krankenhaus. Später sehen wir weiter."

Als Philipp versucht aufzustehen, knickt sein Bein weg und er weint vor Schmerzen.

„Leg dich hin", beruhigt der Polizist ihn. Dann kauert er sich neben Philipp, betrachtet sein Gesicht genauer und fragt: „Hast du dich verbrannt?"

Philipp nickt.

Der Polizist sagt: „Wir holen den Rettungswagen."

In dem Moment guckt der Junge ihn an und sagt: „Ich wollte Sie nicht treffen."

„Weiß ich eigentlich. Denn aus der Entfernung konntest du bloß treffen oder absichtlich danebenschießen. Getroffen hast du nicht."

„Sie sollten mir nur glauben, dass die Pistole wirklich geladen ist. Dass ich nicht rumspinne. Und stehen bleiben sollten Sie."

Die Kommissarin setzt sich neben Philipp ins Gras. Ihr Kollege rennt zum Bahnhof zurück und ruft den Rettungswagen.

Erst als der Polizist dann auf dem Bahnsteig bei Britt, Julian, Hannah und Nick steht, steigt der Schaffner wieder in den Zug. Gleich danach fährt der ab.

Der Polizist erzählt den vieren, dass sie auf den Rettungswagen warten, der Philipp ins Krankenhaus bringen wird. „Er hat sich ein Bein und wahrscheinlich auch den linken Arm gebrochen. Und er hat Schmerzen."

Hannah hält die Ungewissheit nicht mehr aus und fragt: „Was ist mit Fabian?" Sie stockt kurz: „Lebt er?"

„Ja … und er wird wohl auch überleben, obwohl die Verletzungen schwer sind. Allerdings …"

Weiter kommt der Polizist zunächst nicht, denn Britt unterbricht ihn: „Bin ich froh!"

„Das glaub ich dir. Allerdings ist es noch nicht hundertprozentig sicher. Aber der Arzt meint, die Chancen stehen nicht schlecht."

„Er lebt", flüstert Julian und umarmt Britt, die plötzlich losweint. Auch Hannah und Nick weinen vor Erleichterung.

„So …", meint der Polizist, „gleich fahren wir zum Revier. Und dann bringen wir euch zu euren Eltern. Die machen sich unheimliche Sorgen."

„Wir dürfen nach Hause?" Hannah kann das kaum glauben.

„Natürlich. Eines ist allerdings klar, so ganz ungeschoren kommt ihr nicht davon. Auf dem Revier will ich nachher erst einmal genau wissen, wie das alles passiert ist." Streng blickt der Polizist von einem zum andern, dann sagt er: „Außerdem müssen wir's hinkriegen, dass die Eggersberger euch in Ruhe lassen. Aber das wird wohl leichter werden, wenn sie erfahren, dass Fabian lebt."

Sie stehen stumm da, die vier und der Polizist. Weit hinter ihnen im Gras neben den Schienen sehen sie die Kommissarin, die bei Philipp sitzt.

Der Polizist unterbricht die Stille und sagt: „Ich möchte wirklich nicht noch mal erleben, dass ihr den Holzhaufen vom Osterfeuer vorzeitig ansteckt … oder dass das sonst jemand tut. Ihr habt ja nun gemerkt, wie gefährlich das ist."

Bevor die vier dazu etwas sagen können, hören sie in der Ferne eine Sirene.

„Der Rettungswagen", meint der Polizist.

Plötzlich fragt Hannah ihn: „Haben Sie was zu trinken? Wir haben unheimlichen Durst."

„Auf der Wache könnt ihr trinken, so viel ihr wollt."

„Und später dürfen wir nach Hause", sagt Nick leise und Hannah drückt seine Hand ganz fest.

Nun fährt der Rettungswagen auf den Bahnsteig und bremst. Ein Sanitäter öffnet die Tür und der Polizist sagt: „Der Junge liegt da hinten."

Die beiden Sanitäter ziehen die Tragbahre aus dem Wagen und bringen sie zu Philipp. Sie untersuchen ihn kurz. Dann legen sie ihn vorsichtig auf die Trage, decken ihn zu und transportieren ihn zum Wagen. Die Kommissarin geht neben ihnen.

Als die Männer die Bahre mit Philipp in den Wagen schieben wollen, steht Britt plötzlich neben ihm und fragt: „Tut's sehr weh?"

„Ziemlich“, antwortet Philipp, der blass aussieht. Trotzdem versucht er zu lächeln und sagt: „Aber Fabian lebt. Hat mir die Polizistin erzählt.“ Er will nach Britts Hand greifen. In dem Augenblick schieben die Sanitäter die Trage ganz in den Wagen und schließen die Tür.

„Dein Freund?“, fragt ein Sanitäter. Britt weiß nicht, was sie darauf antworten soll. Sie nickt einfach und der Sanitäter sagt: „Er bekommt gleich eine Spritze gegen seine Schmerzen.“

Die Kommissarin steht neben ihrem Kollegen und meint: „Das wär erledigt. Wir können losfahren.“

„Geht klar, Chef“, antwortet er und grinst. Dann fällt ihm ein: „Die vier passen gar nicht in den Wagen.“

„Die kriegen wir schon irgendwie rein“, sagt sie.

Außerdem von Achim Bröger im Allitera Verlag

Hand in Hand. Roman

188 S., Paperback, 8,90 Euro, ISBN 978-3-86906-471-0

Martin sitzt vor dem Telefon und wartet auf den Anruf seiner Freundin Judith. Eigentlich müsste er seinen Koffer packen, denn übermorgen fliegt er für ein Jahr als Austauschschüler in die USA. Aber er muss ständig an Judith denken. Seit über eineinhalb Jahren sind sie zusammen und total glücklich. Doch in den letzten Wochen war Judith irgendwie komisch …

Wie hatte es eigentlich alles angefangen?